Dino Buzzati

Die Mauern der Stadt Anagoor

Dino Buzzati

Die Mauern der Stadt Anagoor

Textauswahl von Elisabeth Antkowiak

St. Benno-Verlag GmbH Leipzig

Benno-Bücher · Reihe religiöser Erzählungen · Band 32
Herausgegeben von Elisabeth Antkowiak

ISBN 3-7462-0148-9

Wenn es dunkelt

Der Buchhalter Sisto Tarra hatte genau an dem Tag, da er zum Geschäftsführer der Firma ernannt worden war, ein seltsames Erlebnis.

Es war ein Samstag, angenehm warmes Wetter mit wundervoller Sonne, und sein Geist bewegte sich in glücklichen Sphären. Das seit Jahren ersehnte Ziel war endlich erreicht, er konnte sich allen Ernstes als den eigentlichen Herrscher des Betriebes bezeichnen; aber mehr noch als die Beförderung selbst, als die finanziellen Vorteile, erfüllte es ihn mit Freude, die messerfeine diplomatische Arbeit triumphieren zu sehen, die er geleistet, um den Ruf seines Vorgängers, Dr. Brozzi, zu untergraben. Jahre hindurch hatte er ruhelos im Hinterhalt gelegen, um dessen kleinste Fehler zu entdecken, ihre Folgen zu vergrößern und sie den Vorgesetzten in die Augen springen zu lassen. Und darin war er um so geschickter vorgegangen, als er nach außen hin Brozzi immer verteidigt hatte, um sich das Gebaren eines großzügigen und loyalen Menschen zu geben.

Tarra wohnte allein in einem kleinen zweistöckigen Haus in einer Straße der Gartenstadt, draußen vor den Toren. Nachdem er zu Mittag gegessen hatte, setzte er sich in sein Studierstübchen und dachte eben darüber nach, wie er den freien Nachmittag verbringen solle, als er gerade über seinem Kopf, auf dem Dachboden Schritte vernahm, die vermutlich von einem Menschen herrührten. Vielleicht wäre in einer fernen Zeit, als er noch ein Kind gewesen, bei diesem Geräusch geheimnisvolle Geisterfurcht in ihm aufgestiegen. Vielleicht hätte er an einem anderen, von Regen und Müdigkeit angefüllten Tag an Diebe gedacht, und sein Herz hätte sogar geklopft. Aber heute war die Heiterkeit in der Luft zu groß, die Sonne zu klar, die Aussicht in die

Zukunft zu erfreulich. Sisto schloß mit der ihm eigenen Vernünftigkeit eines Buchhalters jede dunkle Ahnung aus und nahm an, daß es Ratten seien, große Tiere, die das Geräusch menschlicher Schritte vortäuschten. Immerhin wollte er sich die Sache einmal ansehen.

Er stieg die Treppe hinauf, öffnete die Tür und betrat den verlassenen Bodenraum, wo durch die Ritzen zwischen den Dachziegeln (und durch einige kleine, halbmondförmige Luftlöcher) ein ruhiges, verdünntes Licht einsickerte, blickte umher, sah einen Knaben vor einer Kiste stehen und darin herumsuchen.

›Also keine Ratten‹, sagte sich Tarra ohne irgendwelche Erregung, ›sondern ein unbekannter diebischer Knirps.‹ Und er wollte gerade auf ihn zutreten, als der Junge den Kopf wandte, so daß ihre Blicke sich trafen. Sisto stand still, von Erstaunen festgenagelt: er kannte ja diesen Knaben, und ob er ihn kannte! Jener kaum vernarbte Riß dort über dem einen Auge: er wußte ja, daß er von einem Sturz im Garten stammte. Jener blaue Kinderanzug, der Gürtel aus leuchtendem Leder, oh, er konnte sich gut daran erinnern! Und er war noch im Nachsinnen, wo er diese Dinge wohl je gesehen habe, als er plötzlich begriff: der Unbekannte war er selbst. Sisto Tarra, als Kind. Tatsächlich er, Sisto, im Alter von elf, zwölf Jahren.

Zuerst war es nur ein leichter Verdacht gewesen, so sinnwidrig, daß man hätte darüber lachen können. Dann, als der Knabe sich gegen ihn umgewandt, erkannte Tarra ihn genau, ein Traum war ausgeschlossen, er war es wirklich selbst. Sisto, als Kind.

Im allgemeinen war es weiß Gott nicht leicht, auf Tarra Eindruck zu machen. Und doch empfand er jetzt mit einem Schlag große Schüchternheit, wie in den Augenblicken, da er zur Berichterstattung vom Generaldirektor hereingerufen wurde. Es schien ihm, als sei er nicht mehr fähig, sich vom

Fleck zu rühren, und gebannt starrte er auf sein eigenes lebendes Bild aus der Zeit vor fünfunddreißig Jahren.

Schweigen herrschte, und man hörte nur den Atem Sistos, die Stimme eines auf dem Dach umherhüpfenden Sperlings, das Geräusch eines entfernten Autos, während sich von den Ritzen zwischen den Dachziegeln und von den kleinen Luftlöchern ein gelbliches Licht verbreitete: über die alten, in den Winkeln aufgehäuften Bücher, über die zerbrochenen Spiegel, die zerlegten Bettstellen, die leeren Bilderrahmen, das Gerümpel einer ganzen Familie.

Doch indessen hatte der Buchhalter Sisto Tarra die volle Herrschaft über sich selbst zurückgewonnen, die er auch sonst immer so stolz zur Schau stellte, und er fragte mit kalter Stimme (obwohl er es in seinem Herzen genau wußte):

»Wer bist du? Wie bist du hier hereingekommen?«

»Die Spielsachen!« antwortete der Junge ausweichend mit der müden und feinen Stimme eines Kranken. »In dieser Kiste hier müssen die Spielsachen sein.«

»Die Spielsachen? Hier gibt es keine Spielsachen!« sagte Tarra und fühlte sich zusehends freier, da er die interessante Seite dieses Gesprächs zu schätzen begann, zumal der Knabe ihn nicht erkannt hatte, was ihm, Sisto, einen entschiedenen Vorteil gab; außerdem genoß er schon im voraus den Augenblick, wo er, Tarra, sich zu erkennen geben und das Kind dann vor Staunen überwältigt stehen werde bei der Entdeckung, wie groß, reich und angesehen er geworden sei.

Aber der Knabe beharrte: »Und es sind doch welche da! In diese Kiste hat man sie getan, ich habe schon den Märklin-Baukasten gefunden.«

»So, den Märklin«, wiederholte Tarra mit dem nachgiebigen Wohlwollen, das gewichtige Persönlichkeiten in der Öffentlichkeit vor Kindern anzunehmen pflegen, »gefällt er dir, der Märklin?« Fünfunddreißig Jahre, dachte er indessen, und welch ein Weg war das gewesen! Er hatte sein Leben wirklich gut angelegt. Was für ein Abgrund trennte jenen törichten und verängstigten Knaben von ihm, dem Buchführer Tarra, der, fest eingepflanzt in der Welt, geachtet und gefürchtet, ohne mit der Wimper zu zucken, Millionengeschäfte abwickelte. Welch ein großartiges Geschenk wird das für den Buben sein, dachte er, wenn er, bald schon, von seiner eigenen erfolgreichen Laufbahn hören wird!

Das Kind starrte ihn inzwischen weiter mit mißtrauischem Staunen an, es schien sich um die Spielsachen nicht mehr zu kümmern.

»Und Sisto?« fragte es statt dessen, immer in diesem kranken Ton. »Wo ist Sisto jetzt? Wohnt er noch hier? Kennst du ihn?«

»Und ob ich ihn kenne!« sagte Tarra, über seinen eigenen Scherz lächelnd. »Wir wohnen zusammen, und das seit vielen Jahren!«

»Und wie geht es ihm? Was macht er jetzt?«

»Oh, er ist eine bedeutende Persönlichkeit geworden, der Sisto«, und das Lächeln wurde immer breiter.

»Eine bedeutende . . .?« fragte der Knabe, und sein Gesicht erhellte sich. »Was macht er denn? Ist er General geworden?«

»General? Warum gerade General? Würde es dir Spaß machen, wenn er sich dann und wann wie ein General betätigte?« – ›Was sind das für dumme Ideale!‹ dachte er dabei, man sieht wirklich, daß er noch ein kleiner Trottel ist.

»Bestimmt würde mir das Spaß machen!« antwortete der Junge.

»Nun gut«, fuhr Sisto fort, indem er die Stimme erkalten ließ, »er ist kein General, aber er hat trotzdem seinen Weg gemacht.«

»Dann ist er ein Forscher?«

›Was für ein Blödsinn!‹ dachte Sisto wieder und fragte sich, ob es nicht besser sei, die Unterhaltung abzubrechen, aber der Wunsch, bewundert zu werden, hielt ihn fest.

»Nein, er ist auch kein Forscher«, sagte er. »Die existieren nur noch in den Büchern. Aber es gibt wichtigere Dinge auf dieser Welt.«

»Also was ist er denn? Ist er vielleicht Minister?«

Das klingt schon besser, dachte Tarra, da er den Knaben auf weniger kindische Ziele zusteuern sah. Und er antwortete: »Nun, ein Minister ist er genaugenommen nicht. Aber er hat eine hervorragende Stellung. Du kannst schon mit ihm zufrieden sein.«

Das Kind sah ihn vertrauensvoll an in der Hoffnung auf eine Erklärung. Man hörte einige Spatzen auf dem Dach schimpfen, eine Frauenstimme unten auf der Straße, einen einzelnen Glockenschlag irgendwoher.

»Er ist Geschäftsführer«, sagte Tarra endlich und ließ das Wort auf der Zunge zergehen. »Geschäftsführer der Firma Troll, des ersten Speditionshauses von Italien.«

Der Knabe schien nicht zu begreifen. »Geschäftsführer«: das sagte ihm nicht viel. Seine Augen forschten noch fragend in denen Tarras, aber sie leuchteten wohl ein wenig schwächer, durch einen feinen Enttäuschungsschleier hindurch.

»Was bedeutet das?« fragte er. »Zählt er etwa Rechnungen?«

»Auch das!« gab Tarra zu, gereizt durch dieses geringe Verständnis. »Im Grund ist er einer der führenden Männer.«

»Dann ist er also reich, nicht wahr?« – Dieser Gesichtspunkt schien dem Kind zu gefallen.

»Es steht nicht schlecht, es steht wirklich nicht schlecht damit«, antwortete Sisto und ließ das Lächeln von früher wieder aufblühen. »Man kann jedenfalls nicht klagen.«

»Oha, die schönen Pferde!«

»Pferde?«

»Ich meine, daß er dann jetzt schöne Pferde haben wird.«

Der Buchführer schüttelte den Kopf, als ob die Dummheit dieses Burschen ihn völlig entmutigte. Und er sagte, nur um nicht hart zu erscheinen: »O nein, heutzutage benutzt man keine Pferde mehr.«

Ein neuer Gedanke kam dem Knaben; er ließ die Pferde

beiseite und fragte: »Aber sag mir: Wie ist denn Sisto jetzt? Wie sieht er denn aus?«

»Oh, der ist groß geworden!« entgegnete Tarra und fühlte immer mehr Hochachtung vor sich selbst über soviel Geistesgegenwart. »So groß wie ich, ungefähr.«

»Aber ist er schön? Sag, ist er schön?«

»Schön! Das weiß ich nicht. Bei Männern kommt es auf die Schönheit nicht an. Manche Leute sagen freilich, er sei ein sehr gut aussehender Mann.«

»Und trägt er einen Bart?«

»Einen Bart, nein. Aber einen Schnurrbart, etwa so einen wie ich. Er ist ein englischer Typ, sagt man.«

Das Licht, das von den Ritzen zwischen den Ziegeln und von den halbmondförmigen Luftlöchern in den Bodenraum drang und erst gelblich geschienen hatte, wurde plötzlich grau. Eine Wolke mußte sich am Himmel aufgehäuft haben, so daß die Sonne dahinter verschwunden war.

»Und die Gebete?« fragte auf einmal das Kind. »Sagt er sie abends immer, seine Gebete?«

Schon wieder diese Albernheiten, dachte Tarra gereizt; war es wirklich möglich, daß er selbst jener kleine Junge gewesen war, wenn auch vor fünfunddreißig Jahren? War es möglich, daß er sich so sehr von ihm unterschied? Es schien ihm unsinnig, eigentlich beschämend, aus diesem Knaben hervorgewachsen zu sein.

»Jetzt nicht mehr, mein Lieber«, entgegnete er in einem Ton fast zorniger Herausforderung. »Warum willst du, daß er Gebete hersagt? Von einem gewissen Alter an tut das niemand mehr. Nur die Frauen . . .«

»Aber er kennt sie noch, nicht? Er kann sie noch auswendig?«

»Ich weiß nicht einmal das genau . . . Man müßte ihn fragen. Aber das ist schwierig.«

»Und wenn er sie einmal nötig braucht? Was macht er, wenn er sie nötig braucht?«

»Gebete brauchen? Warum sollte er die jemals brauchen?«

Der Kleine sah ihn erschrocken an, als sei er zu Unrecht gescholten worden.
»Und die Kinder?« fragte er. »Leben seine Kinder auch hier?«
»Sisto hat keine Kinder«, sagte der Buchführer Tarra trokken.
»Wer hat dir in den Kopf gesetzt, er habe welche?«
»Gar keine Kinder? Nicht einmal eins?«
»Aber nein, er ist gar nicht verheiratet, der Sisto.«
Jetzt hörte man ein neues Geräusch, eine Art dumpfes Winseln, das in Wellen auf und ab über die Dachziegel strich; die Stimme des Windes.
Der Bodenraum hatte sich rasch verdüstert, und eine Wolke vor der Sonne genügte dafür als Erklärung nicht mehr, so schwer und schwarz sie auch sein mochte; man mußte einsehen, daß im schnellen Schwinden des Abends, unerwartet, da der gewöhnliche Stundengang sich beschleunigte wie nie zuvor, die Nacht sich nahte.
Jetzt trat der Knabe einen schüchternen Schritt vor, deutete mit dem Zeigefinger auf den Mann, und seine Stimme wurde noch feiner: »Du bist es, nicht?« fragte er bang. »Sag die Wahrheit, du bist Sisto?«
Also hatte das Kind endlich begriffen, es hatte erkannt, daß jener Herr nahe an die Fünfzig nicht irgendein Mensch sei, sondern wirklich er selbst, so, wie er von den Jahren verwandelt worden war. Die Stimme des Kindes zitterte, aus irgendeinem besonderen Grund.
Die Knabenstimme zitterte, der Buchführer Tarra hingegen lächelte und reckte sich, um so eindrucksvoll wie möglich zu erscheinen.
»Ich selbst, in Person«, versicherte er. »Hattest du das noch nicht begriffen?«
». . . noch nicht begriffen? . . .« antwortete mechanisch wie ein Echo der Knabe, ohne den Klang der Worte zu hören, die Pupillen im Halbdunkel geweitet.

»Du bist doch zufrieden, nicht wahr? Komm, sag es mir. Du bist mit dem Ergebnis doch zufrieden?«
Aber warum lächelte der dumme Junge jetzt nicht einmal? Warum lief er ihm nicht festlich gestimmt entgegen? Vielleicht hatte er immer noch nicht recht verstanden? Oder argwöhnte er einen Scherz und blieb wachsam aus Furcht vor Enttäuschungen?
Nein, das Kind hatte sehr gut verstanden und betrachtete Sisto mit einem brennenden und bitteren Ausdruck, als ob es ein großes Geschenk erwartet und ein elendes Ding bekommen habe. Mit unsicheren Schritten näherte er sich quer durch den düsteren Bodenraum jenem Mann, den er lieber nicht gekannt hätte, starrte auf das magere Gesicht, die kalten Fischaugen, die dünnen, harten Lippen, betrachtete prüfend den hohen, steifen Kragen, die Schlipsnadel, die einen Löwenkopf darstellte, den untadeligen dunklen Anzug und berührte einen Zipfel davon mit seiner Hand.
»Sieh einmal, was für eine schöne Uhr«, sagte Sisto Tarra, um des Kindes Vertrauen zu gewinnen, und zog die Präzisionsuhr hervor. »Ich habe sie in der Schweiz gekauft, es ist ein Läutewerk drin.«
Er drückte auf ein Knöpfchen, und man hörte in der Stille feine, metallische Schläge widerhallen. Eins, zwei, drei, vier, fünf, sechs. Sechs Uhr abends, war das möglich? Eine dunkle Erregung drängte sich in Tarras Brust. Es schien ihm, als habe die Begegnung mit dem Knaben nicht mehr als zehn Minuten gedauert, aber die Uhr und die wachsende Dunkelheit bezeugten das Heraufkommen der Nacht. Die Sonne hatte ihren Weg wie aus Haß gegen ihn, Sisto, in größter Hast durcheilt. Als das zarte Geläut verstummt war, hörte man den Wind draußen an den Wänden entlangklagen.
»Wie schön«, murmelte der Junge ohne Überzeugung, indem er die Uhr betrachtete. »Aber zeig mir doch mal deine Hände!«
Und er nahm mit seiner Hand die Rechte des Buchführers

Tarra, zog sie näher zu sich, um sie gut sehen zu können, besah sie zaghaft, zaghaft. Und er schien wahrlich nicht zu glauben, eine tieftraurige Angelegenheit, daß diese behaarte, massige Hand, von Runzeln durchfurcht, mit hervortretenden Knöcheln und dicken, gelblichen Nägeln, daß sie so klein, zart und weiß gewesen sein sollte wie die des Kindes.

»Und was hast du an dem Auge da?« fragte der Knabe weiter und hob den Blick zu Tarras Gesicht auf. Wirklich hing Sistos rechtes Augenlid seit ein paar Jahren infolge einer rheumatischen Gesichtslähmung herab, was ihm einen etwas zweideutigen Ausdruck gab.

»Doch! Warum hältst du es geschlossen?« beharrte der Knabe, da der andere nicht antwortete.

»Ach nichts, ich sehe großartig damit«, knurrte der Buchhalter Tarra, der eine traurige Wut in sich aufsteigen spürte. Was für eine Dunkelheit auf dem Dachboden! Und von draußen drang auch kein Laut mehr herein. In den äußersten Ecken, wo der Giebel sich schräg in den Fußboden senkte, häuften sich dichte Schatten.

›Warum zum Teufel bin ich hier nur heraufgestiegen!‹ sagte sich Tarra. Und warum sieht dieser unangenehme kleine Bursche mich immer so an! Was habe ich denn schließlich mit ihm gemein? Der Knabe verabscheute ihn, das konnte man deutlich merken.

»Du hast dir mich anders vorgestellt, was?« sagte Sisto im wachsenden Dunkel mit rauher und feindseliger Stimme.

»Ich weiß nicht . . . weiß nicht . . .«, stotterte das Kind, verängstigt zurückweichend. Weiter sagte es nichts mehr, aber man spürte trotzdem seine Enttäuschung.

»Was hast du dir eigentlich in den Kopf gesetzt? Was dachtest du, sei ich geworden? Wolltest du mich in Generalsuniform sehen? Oder mit der Mitra des Bischofs?« wetterte er los, obwohl er sich noch immer etwas zu zügeln suchte. »Ich weiß nicht, warum du so ein Maul ziehst! Du könntest dem Himmel danken, scheint mir. Bist nicht befriedigt, was? Meine Hände gefallen dir nicht, was?«

Jetzt genoß er die Lust, Angst einzuflößen, den vorlauten Knaben zu schrecken. Aber der andere war schnell zurückgewichen, und man konnte ihn fast nicht mehr wahrnehmen, so dunkel war es.

»Sisto!« Zum erstenmal sprach der Buchhalter seinen eigenen Namen aus, der unangenehm und traurig widerhallte. »Sisto, wo bist du? ... Ich muß dir die Briefmarken zeigen, ich habe eine herrliche Sammlung«, fügte er in süßlichem Ton hinzu, damit der Knabe nicht zu fliehen versuchte. Er durcheilte den Bodenraum, wobei er achtgeben mußte, nicht gegen die querstehenden Tragbalken zu stoßen, und am Ende angelangt, beugte er sich nieder, um die finsteren Winkel abzusuchen, blickte sich um, und seine Erregung wuchs. Der Knabe war verschwunden.

»Sisto, Sisto!« ließ er sich wieder vernehmen, flüsternd, da der Klang der eigenen Stimme ihn zu peinigen begann. Aber niemand gab Antwort. Das Ebenbild von einst hatte sich im Schatten aufgelöst, und auf dem Dachboden blieb gar nichts anderes als der Buchhalter Sisto Tarra, siebenundvierzig Jahre alt, von unruhigen Gedanken befallen.

Allein, auf dem leeren Dachboden. Die Nacht hatte ihn so plötzlich überrascht, wie er es nie für möglich gehalten hätte. Er dachte angestrengt an seine Laufbahn, an die Beförderung, an die neue Stellung, doch all das sagte ihm nichts mehr. Vergebens suchte er die frühere Zufriedenheit wiederzufinden. »Oha, die schönen Pferde, die schönen Pferde ... Nicht einmal ein ... nicht einmal ein ...«, hörte er die Stimme des Kindes rings aus den schwarzen Ecken flüstern. Er dachte daran, daß es draußen schon Nacht geworden war, daß draußen das Dasein der Menschen weiterlief, das Dasein von vieltausend Geschöpfen, die dem Leben verhaftet waren und keine Ahnung hatten, wer Sisto Tarra sei; Männer und Frauen, über die Erde verstreut, die gemeinsam ar-

beiteten und litten, in Massen zusammengewürfelt, von den Städten verschlungen, mittelmäßig oder vielleicht gar verworfen, aber nicht allein.
Nicht so allein wie er, der das Leben immer geringgeschätzt und es sich Schritt für Schritt entfremdet, indessen er so getan hatte, als könne er alles allein bewältigen. Und es begann sich in ihm der Zweifel zu bilden, ein winziger Schimmer, er könne sich vollständig geirrt haben, es möchte auf der Welt vielleicht noch andere Dinge geben als die Stellung im Geschäft, die Steuerlisten, die Gehälter, die G. m. b. H. Troll; Dinge, die er eines fernen, vergangenen Tages durch all dies hindurch auch erblickt hatte. Dummheiten natürlich, Phantasien ohne Zweck, die er dann hatte dahinschwinden lassen in der gierigen Mühsal des Alltags. Zuerst war es nur ein fernliegender, schwacher Zweifel, dann aber packte ihn plötzliches Verlangen wie ein heißer Durst: umkehren können, noch einmal jener Knabe werden, alles neu von vorne beginnen, alles anders einrichten, als es geschehen war; den Beruf, die Freunde, das Haus, sogar die Kleider, sogar das Gesicht. Und es war schrecklich, daß es nun zu spät sein mochte, daß die Dunkelheit ihn überrascht hatte und es kein Heilmittel mehr geben werde.
Im letzten Licht der Dämmerung, darüber die Schleier der Nacht sich langsam senkten, suchte der Buchhalter Sisto Tarra, vorsichtig tastend, damit er nicht an die Querbalken stoße, die Tür, um zu entkommen. Dummheiten, Dummheiten, murmelte er mit Nachdruck vor sich hin, um sich in die gesicherte und angenehme Wirklichkeit des Lebens zurückzurufen; aber das genügte nicht. Er hörte feine, leichte Schläge auf die Dachziegel niederklopfen, immer dichter werdend, ein gleichmäßiges ruhiges Geräusch: die Wolken mußten den Himmel ausgefüllt haben, und der Regen fiel.

Gerichtschronik

Zuerst eine kurze Beschreibung des Tribunals: ein großer Tisch, hinter dem in der Mitte der Richter, links der Staatsanwalt und rechts der Verteidiger Platz genommen haben. Schreiber, Geschworene und Journalisten fehlen. (Es handelt sich um die höchste Instanz, vor der wir uns alle einmal zu verantworten haben werden. Ja, ich bedaure, auch Sie, meine Gnädigste!) Es sind keine Carabinieri, keine Polizisten oder Gendarmen anwesend. Durch eine kleine Tür, ganz hinten im Saal, versuchen sich wenig vertrauenerwekkende Gestalten Eingang zu verschaffen, doch werden sie von den Aufsehern mit Fußtritten und Knüppelschlägen zurückgedrängt.

Richter, Staatsanwalt und Verteidiger tragen ausdruckslose Masken, die das ganze Gesicht bedecken, und Handschuhe; sie scheinen keine persönlichen Züge zu haben, sondern reine Repräsentanten des Geistes zu sein. Ein Scharlachmantel umhüllt den Richter, der auf dem Haupt eine Art Krone trägt, während der Ankläger in ein schwarzes und der Verteidiger, wie zu erwarten, in ein weißes Gewand gekleidet ist.

Die beiden möglichen Urteile sind Freispruch oder Verdammnis, Verdammnis ohne Ende, von Ewigkeit zu Ewigkeit. Beim Freispruch erhebt sich der Richter und macht mit der Rechten ein Zeichen, um dem Angeklagten zu bedeuten, daß er frei sei und fortgehen könne. Dann öffnen sich die Flügeltüren des Saales auf eine weite, sonnenüberflutete Wiese. Doch wenn er das Verdammungsurteil verhängt, dann bleibt er sitzen, senkt das Haupt und schlägt mit der flachen rechten Hand auf den Richtertisch. In diesem Falle wird der Verurteilte von den Aufsehern zu einer kleinen Tür im Hintergrund des Saales gezogen, wo ihn die

Pranken der wenig vertrauenerweckenden Gesellen erwarten, in deren Zugriff er verschwindet.
Die Zuschauer sind zahlreich und sehr verschiedenartig, doch ist es schwer zu sagen, wer sie eigentlich sind. Angeklagte, die darauf warten, daß die Reihe an sie komme? Verwandte? Verkleidete Dämonen? Oder nur Neugierige?
Der erste Angeklagte wird hereingeführt. Ludwig Bompré, fünfundfünfzig Jahre alt, beleibt. »Bitte nehmen Sie Platz!« Er setzt sich. Ein Diener bringt seine Akten in doppelter Ausführung. Eine Abschrift ist für den Richter, die andere für den Staatsanwalt, beide überfliegen sie rasch.

Hm, macht der Richter, Flüche und Weibergeschichten (der Angeklagte senkt den Kopf), während Ihre arme Frau unterdessen zu Hause saß und auf Sie wartete ... Und hier lese ich von einem schweren Zwischenfall, der Ihrem Jähzorn zuzuschreiben ist ... Der Angeklagte: Ja, da habe ich einmal einen zusammengehauen, es tut mir wirklich leid ...
Staatsanwalt: Ein Ungläubiger, ein Jähzorniger, ein liederlicher Mensch ...
Richter: Ich habe den Eindruck, Herr Bompré, daß sich die Sachen nicht gerade gut anlassen (indem er in den Akten blättert). Frauengeschichten, immer wieder Frauengeschichten ... und hier sogar die Frau eines guten alten Freundes ...
Angeklagter: Ja, Sie wissen doch, manchmal ist das Fleisch schwächer als ...
Staatsanwalt: Nein, der Herr Richter weiß diese Sache nicht.
Unterdessen hat dieser die letzten Akten gelesen: Herr Bompré, Sie wissen es selbst, die Tatsachen sprechen deutlich genug ... Die Anklage hat das Wort.
Staatsanwalt: Mir scheint es überflüssig, noch etwas hinzuzufügen.
Verteidiger: Gewiß, es stimmt, daß die Tatsachen sich nicht leugnen lassen, aber trotzdem ...

Staatsanwalt: Handelt es sich etwa um einen Menschenfreund?
Verteidiger: Das nicht, aber ...
Staatsanwalt: ... oder vielleicht um einen, der sich für seine Mitmenschen aufgeopfert hat?
Verteidiger: Auch das nicht ...
Staatsanwalt: Um was also?
Verteidiger: Er war immer so heiter, immer so guter Laune, immer so liebenswürdig (im Publikum hört man Flüstern), auch als es ans Sterben ging ... Immer freundlich mit allen, aus dem Herzen kommend freundlich ... Eigentlich müßte es in den Akten stehen, Herr Richter ...
Richter: Es steht auch darin. – Und dann erhebt er sich, und fast scheint es, als lächle die Maske.

Nino Zervi, vierundsiebzig Jahre alt, berühmter Orchesterdirigent. Schnell unterdrückter Beifall rauscht bei seinem Erscheinen im Publikum auf. Zwei dünne Aktenbündel werden gebracht, während der Maestro wie in Künstlerträumen entrückt dasitzt. In der Stille hört man nur das Wenden der Blätter.
Mit eintöniger Stimme liest der Richter kurz vor:
Egoismus am 17. Juli 1887, am 14. und 15. Dezember 1906 und den ganzen April 1910 hindurch ... Hartherzigkeit gegen Kollegen, Geiz, Eitelkeit ... Doch nach dem Ton seiner Stimme zu urteilen, scheint er alledem wenig Gewicht beizulegen, so als verlese er es der bloßen Form wegen. Dann gibt er dem Ankläger das Wort ...
Verurteilt, hört man eine dumpfe Stimme. Unter dem Publikum wird Gemurmel laut, der Verteidiger ist aufgesprungen. Doch die schwarze Maske fährt fort: Es sind sozusagen klassische Sünden und relativ wenige, aber ...
Alle halten den Atem an, der Maestro ist immer noch in seine Träumereien versunken.
... aber von seinem dreißigsten Lebensjahr an hat der hier

gegenwärtige Zervi angefangen, sich besser zu dünken und sich eine Menge einzubilden, und mit den Jahren hat das immer mehr zugenommen ...
Wenn die Dinge so stehen, ist weiter nichts mehr zu sagen, murmelt der Richter und senkt den Kopf.

Die nächste ist Giorgina Delacroix, sechsundsechzig Jahre, Witwe, verblühtes, schlaues, aber freundliches Gesicht.
Der Ankläger: Es handelt sich um einen klaren Fall. Von der Geburt bis zur Todesstunde war das Leben dieser Frau eine einzige Lüge, ein einziges Betrügen. Hintereinander die Eltern, die Kinderfrau, die Lehrer, die Mitschülerinnen, die ersten Verehrer, vom Ehemann später ganz zu schweigen (im Publikum ist an dieser Stelle ein bezeichnendes Räuspern zu hören), ja selbst die Liebhaber ... Eine erschütternde Bilanz.
Verteidiger: Eines aber spricht zu ihren Gunsten.
Richter: Das wäre?
Verteidiger: Frau Delacroix hatte eine intime Freundin, Antonella Marcovagi.
Richter: Und was hat es mit ihr auf sich?
Verteidiger: Nur das eine: Frau Delacroix hat mit den andern Freundinnen immer gut über sie gesprochen.
Ankläger: Wahrscheinlich wird es sich dabei auch um Lügen gehandelt haben ...
Verteidiger: Mag sein, aber dennoch ...
Richter: Es reicht, meine Herren, sie ist freigesprochen.

Claudio Andorra, Ingenieur, fünfundsechzig Jahre alt, Gründer der Wollfabrik Andorra, Präsident mehrerer Wohltätigkeitsvereine, Mäzen, Stifter von Literaturpreisen.
In Anbetracht der Persönlichkeit des Angeklagten ist die Neugier beim Publikum groß, obwohl die Ungewißheit über das Urteil, das allgemein als günstig vorausgesetzt wird, diesmal wegfällt. Denn obgleich Andorra Millionär war,

schließt sein arbeitsames und vorbildliches Leben (keine Liebesaffären, keine Laster, keine besonderen Steuerhinterziehungen oder dunklen Geschäfte) doch jede Überraschung aus.

Die persönlichen Akten des Angeklagten sind besonders umfangreich, doch ist das kaum zu verwundern, wenn man an seine außerordentliche Tätigkeit denkt. Alles wickelt sich ohne Zwischenfälle ab, so als handle es sich um eine bloße Formalität. Sogar die Anklage läßt eine gewisse Achtung durchblicken und scheint eher dunkel gebliebene Umstände aufklären zu wollen, als anzuklagen. Oder sollte das Gewicht der gehobenen sozialen Stellung des Angeklagten auch hier, jenseits der letzten Grenze, noch zu Vergünstigungen Anlaß geben? Fast scheint der Verdacht durch die Schnelligkeit gerechtfertigt, mit der die Prozeßakten von den Händen des Richters durchblättert werden, und durch die Zuvorkommenheit, mit der Andorra in der Diskussion behandelt wird.
Das Interesse läßt also nach, und der Nachmittag lädt zur Schläfrigkeit ein. (Aber ist es wirklich Nachmittag? Kann es hier überhaupt einen Morgen und einen Nachmittag geben, hier, wo die Zeit die Ewigkeit ist?) Der eine oder andere ist eingeschlafen. Endlich schließt, wie zu erwarten war, der Staatsanwalt seine Prozeßakten und zeigt durch die charakteristische Geste an, daß von seiner Seite keine Einsprüche erhoben werden. Der Richter erhebt sich also, um den Freispruch anzuzeigen, und die Türen des großen Portales öffnen sich auf die Wiesen und die flutende Sonne.
Seinerseits erhebt sich nun der Ingenieur Andorra, und mit der Haltung eines Menschen, der den ihm von Rechts wegen zukommenden Preis erhalten hat, schreitet er dem Ausgang zu, nachdem er den Richter kurz, aber ohne Dankbarkeit, nur höflich, gegrüßt hatte.

So schreitet er denn durch die Menge, die ihn ohne Anteilnahme betrachtet. Er ist nur noch etwa zehn Meter vom Ausgang entfernt.
In diesem Augenblick strecken zwei ältere, stattliche Herren, ebenso sorgfältig wie Andorra gekleidet, den Kopf in den Saal und zeigen freudige Überraschung, als sie ihn erkennen: »Oh, Andorra, du auch hier? Willkommen, willkommen, alles in Ordnung natürlich?«
»Exzellenz, lieber Graf!« ruft Andorra erfreut. Sein Gesicht hellt sich auf, und er versucht, sich ihnen eilig zu nähern.
Im selben Moment jedoch stellt sich ihm ein alter kleiner Buckliger in den Weg: »Herr Ingenieur, Herr Ingenieur«, stottert er fast vor Erregung über diese unerwartete Begegnung und versucht, mehrere Verbeugungen nacheinander zu machen. »Herr Ingenieur, erkennen Sie mich nicht mehr?«
Andorra wirft ihm nur einen kurzen Blick aus den Augenwinkeln zu, hebt die Hand zu einem flüchtigen Gruß und eilt weiter. Einen Augenblick lang hat sich sein Gesicht verhärtet, doch während er sich zu den beiden Herren auf der Schwelle wendet, wird sein Ausdruck wieder heiter und liebenswürdig: »Exzellenz, lieber Graf, ich komme schon . . .«
Doch der bucklige Alte eilt ihm nach: »Herr Ingenieur«, fleht er jetzt mit einer bittenden Gebärde, »erkennen Sie mich denn nicht mehr, ich bin doch Fratta, Ihr Bürodiener . . .«
Es hilft ihm alles nichts, der Herr Ingenieur tut so, als existire Fratta überhaupt nicht, als habe er ihn nie gesehen; sein ganzes Trachten geht darauf, die beiden wichtigen Persönlichkeiten auf der Schwelle zu erreichen.
Da tönt plötzlich die Stimme des Richters durch den Raum, und sie klingt eisern: »Nein«, und noch mal: »Nein«. Und diese Stimme erfaßt Andorra wie eine Zange und zwingt ihn, sich umzuwenden.

»Warum«, fragt nun dieselbe Stimme, »haben Sie nicht auf den Gruß des Alten geantwortet?«
»Ich . . . ich kenne ihn nicht . . .«
»Sie kennen ihn nicht? Ernst Fratta, der 28 Jahre lang in Ihrem Büro gearbeitet hat?«
»Das heißt, in der Eile . . . eine kleine Zerstreutheit . . . ich . . .« Der große Mann stottert, dem berühmten und beliebten Redner gelingt es nicht, einen Satz zusammenzubringen.
Das Publikum um ihn herum ist erstarrt. Alle ahnen, was jetzt geschehen wird. Und in die Stille klingt die flehende Stimme des Alten: »Herr Ingenieur, ich konnte es ja nicht wissen . . .«
Mit einem letzten Hoffnungsschimmer wendet Andorra den Kopf zu dem großen Portal, in der Erwartung, dort seine beiden einflußreichen Freunde zu sehen.
Aber die Türe schließt sich langsam, auf der Schwelle steht niemand mehr, und er begreift, daß er verloren ist.

Der Hund, der Gott gesehen hatte

1

Sicher war es nur Bosheit gewesen, die den reichen Bäcker von Tis, den alten Spirito, veranlaßt hatte, sein ganzes Vermögen seinem Neffen Deferente Sapori unter einer einzigen Bedingung zu hinterlassen: daß er nämlich fünf Jahre lang jeden Morgen fünfzig Kilo frischen Brotes öffentlich an die Armen verteilen solle. Und sicher hatte sich der Onkel, ehe es ans Sterben ging, bei dem Gedanken ordentlich ins Fäustchen gelacht, daß sein stämmiger Neffe, der immer der erste im Chor der ungläubigen und fluchenden Mitbürger war, nun vor aller Augen eine sogenannte gute Handlung vollbringen mußte.

Deferente, der Alleinerbe, hatte schon als Knabe in der Backstube gearbeitet und war nie darüber im Zweifel gewesen, daß alles einmal ihm gehören würde. Deswegen machte ihn die Bedingung auch so wütend. Aber was konnte man daran ändern? Sollte er sich etwa deswegen diese ganze Gottesgabe, Bäckerei inbegriffen, entgehen lassen? Er fand sich also fluchend damit ab. Als den im Testament vorgeschriebenen »öffentlichen Ort« wählte er den am wenigsten ins Auge fallenden Hof hinter seiner Backstube. Und hier sah man ihn nun jeden Morgen das Brot abwiegen, in einen großen Korb füllen und es dann an die drängende Menge der Armen verteilen, während er die Gabe mit Schimpfworten auf den Verstorbenen und beleidigenden Anzüglichkeiten auf dessen Leben begleitete. Besonders wurmte es ihn, ganz abgesehen von der Mehrarbeit, daß hier soviel kostbares Brot verschleudert wurde. Fünfzig Kilo pro Tag! Es kam ihm töricht und geradezu unmoralisch vor.

Der Testamentsvollstrecker, Notar Stiffolo, kam nur sehr selten zu so früher Morgenstunde, um sich die Vorstellung anzusehen. Zudem war seine Gegenwart auch überflüssig, denn niemand kontrollierte die richtige Testamentsvollstreckung besser als die Armen selber. Dennoch gelang es Deferente, eine Art Abhilfe zu ersinnen. Der große Korb nämlich, in dem der Zentner Brot aufgeschichtet wurde, stand an der Hauswand. Sapori schnitt nun in ihn ein kleines Türchen, das, wieder gut zugemacht, von niemandem wahrgenommen werden konnte. Er fing nun morgens selbst damit an, das Brot zu verteilen, und überließ es dann seiner Frau und dem Gesellen unter dem Vorwand, daß seine Gegenwart beim Backofen und im Geschäft notwendig sei. In Wirklichkeit lief er in den Keller, stieg auf einen Stuhl, öffnete leise das Gitter des Fensters, das unmittelbar neben dem Korbe war, und nachdem er behutsam das kleine Türchen geöffnet hatte, entfernte er soviel Brot wie es eben anging. Auf diese Weise sank der Brotspiegel schnell, aber es war ausgeschlossen, daß die Armen etwas von der betrügerischen Machenschaft bemerken konnten. Es schien nur zu natürlich, daß sich dank der Geschwindigkeit, mit der die Brote verteilt wurden, der Korb schnell leerte.

In den ersten Tagen standen die Freunde Deferentes eigens deshalb früh auf, um ihn bei seiner neuen Tätigkeit bewundern zu können. Sie standen in Gruppen am Hoftor zusammen und beobachteten ihn spöttisch. »Nun, du sicherst dir wohl schon einen Platz im Paradies?« und »Unser Menschenfreund soll leben!« waren ihre witzigen Kommentare.

»Es lebe die Seele dieses Aases!« antwortete er und warf ein Brot in die Menge der Bettler, die es im Fluge auffingen, und grinste bei dem Gedanken an den prachtvollen Trick, den er sich ausgedacht hatte, um die Seele des Onkels und die Armen dazu anzuführen.

2

Im selben Sommer hatte sich der alte Einsiedler Silvestro in der Nähe des Dorfes niedergelassen, weil er erfahren hatte, daß Gott dort wenig zu Hause war. Zehn Kilometer von Tis entfernt stand auf einem kleinen einsamen Hügel die Ruine einer verlassenen Kapelle, von der fast nur noch verstreute Steinblöcke auf einer dürren Wiese übriggeblieben waren. Hier ließ sich Silvestro nieder. Wasser fand er an einer Quelle, und schlafen konnte er in dem einzigen noch erhaltenen überdachten Raum des Kirchleins. Er nährte sich von Kräutern und Rüben und stieg tagsüber oft auf die Spitze eines großen Felsblockes, um dort knieend und in Gott versunken zu verweilen.

Von dort oben konnte er die Häuser von Tis und die Dächer nah gelegener Gehöfte erblicken. Aber er wartete vergebens darauf, daß sich jemand sehen lasse. Seine heißen Gebete um die Seelen der Sünder stiegen vergeblich zum Himmel auf. Doch ließ Silvestro nicht nach, den Allmächtigen anzuflehen, zu fasten und mit den Vögeln zu reden, wenn er traurig wurde. Kein Mensch kam. Nur einmal entdeckte er zwei Buben, die ihn, hinter dem Gebüsch versteckt, belauschten und die erschreckt davonliefen, als er sie freundlich anrief.

3

Die Bauern jedoch fingen an, des Nachts in der Richtung der verlassenen Kapelle seltsame Lichter zu beobachten. Wenn der Schein nicht so weiß und mild gewesen wäre, hätte es ein Waldbrand sein können. Eines Abends fuhr der Brauereibesitzer Frigemelica aus Neugierde hin, um nachzusehen. Doch bevor er zu der Stelle kam, hatte sein Motorrad eine Panne, und er traute sich, wer weiß warum, nicht, zu Fuß weiterzugehen. Zurückgekehrt, berichtete er, daß

sich ohne sichtbaren Grund ein Lichtkreis um die Spitze des Hügels verbreitete, und zwar sei es weder Feuerschein noch Lampenlicht. So kamen die Bauern zu dem Schluß, daß es sich um das Licht Gottes handeln müsse.
In manchen Nächten konnte man den Widerschein sogar bis Tis sehen. Doch ging die Ankunft des Einsiedlers, seine Sonderlichkeiten und das nächtliche Leuchten in der allgemeinen Gleichgültigkeit unter, die die Bewohner allem entgenbrachten, was mit Religion zu tun hatte. Wenn man gelegentlich darauf zu sprechen kam, so tat man, als handle es sich um Dinge, über die man längst im klaren sei, und bemühte sich nicht weiter um eine Erklärung. Der Satz »Heute nacht leuchtet es bei dem Einsiedler« wurde genauso alltäglich, als wenn einer sagen würde: »Heute nacht regnet es« oder »Es geht ein Wind«.

4

Eines Morgens, während Deferente Sapori sein Brot an die Armen verteilte, fand sich ein Hund in seinem Hofe ein. Er schien niemandem zu gehören, war ziemlich groß, hatte ein struppiges Fell und einen friedlichen Blick. Ohne Zögern, aber auch ohne Eile drängte er sich durch die wartenden Bettler bis an den Korb heran, nahm dort ein Brot heraus und trottete gemächlich wieder dem Ausgang zu. Und zwar nicht wie ein Dieb, sondern wie einer, der gekommen ist, um etwas zu nehmen, was ihm zusteht.
»Hallo, Fido, hierher, elendes Mistvieh«, schrie Deferente und versuchte ihm nachzulaufen. »Mir genügen schon diese Faulpelze hier, nun fehlt nur noch, daß die Hunde auch noch kommen!« Aber der Hund war schon außer Sicht.
Dieselbe Szene wiederholte sich am nächsten Tage. Diesmal lief der Bäcker dem Tier bis auf die Straße nach und warf ein paar Steine hinter ihm her, aber er traf den Hund nicht.

Das schönste dabei war nun, daß sich dieser Diebstahl jeden Morgen pünktlich wiederholte. Und geradezu wunderbar wirkte die Fähigkeit des Hundes, den richtigen Augenblick zu wählen; er hatte es nicht einmal nötig, sich besonders zu beeilen. Auch trafen ihn die nachgeworfenen Gegenstände nie. Die Menge der Bettler johlte jedesmal vor Vergnügen, und das machte den Bäcker noch viel wütender.
Deswegen wartete er an einem Tage, hinter der Schwelle des Hoftores versteckt, mit einem dicken Knüppel in der Hand. Es war vergebliche Mühe. Denn der Hund hatte sich ungesehen unter die drängenden Bettler gemengt, die sich über den Streich gern lustig machten und keinen Grund hatten, ihn anzuzeigen.
»Er hat dich auch diesmal wieder hereingelegt«, sagte ein Bettler außerhalb des Hofes. »Wo?« schrie Deferente und sprang aus seinem Versteck heraus. »Dort, schau nur, er tut sich etwas darauf zugut«, antwortete der Arme, entzückt über die Wut des Bäckers. In Wirklichkeit war von einem Sichzugute-Tun gar nichts zu sehen, der Hund trottete nur mit seinem ruhigen und etwas unlustigen Gang, das Brot im Maul, die Straße hinunter. Es war jeden Tag dasselbe.
Sollte Deferente ein Auge zudrücken? Nein, er konnte diese Art von Streichen nicht vertragen. Wenn es ihm also nicht gelang, des Hundes in seinem Hof habhaft zu werden, mußte er ihn eben draußen auf der Straße stellen. Vielleicht war er auch kein herrenloser Hund, vielleicht wohnte er irgendwo, und man konnte von seinem Herrn eine Entschädigung verlangen. So konnte es auf alle Fälle nicht weitergehen! Denn weil er nach diesem Mistvieh Ausschau halten mußte, war Sapori immer sehr viel später als sonst in den Keller gekommen und hatte dort nur wenig Brot aus dem Korb nehmen können. Alles verlorenes Geld!
Auch der Versuch, den Hund ein für allemal mit einem vergifteten Brot zu erledigen, das er schön an den Hofeingang gelegt hatte, war gescheitert. Der Hund hatte es nur einen

Augenblick lang beschnuppert und war dann zu dem Korb gelaufen. So hatten ihm wenigstens einige Augenzeugen berichtet. Deferente hütete sich nach diesem Mißgeschick wohl, die Armen um Mithilfe anzugehen oder sie zu bitten, den Hund zu fangen oder ihn wenigstens zu verprügeln – denn er wußte, sie würden ihm doch nur ins Gesicht lachen.

5

Um nun diese Angelegenheit nach allen Regeln der Kunst zu erledigen, postierte sich Deferente das nächste Mal mit einem Fahrrad und mit der Flinte unter dem Arm auf der anderen Seite der Straße unter einem Torbogen. Das Fahrrad hatte er mitgebracht, um dem Hund gut folgen zu können, und die Doppelflinte, um ihn ein für allemal zu erledigen, wenn sich herausstellen sollte, daß er keinen Herrn habe, von dem man eine Entschädigung verlangen könnte. Das einzige, was ihn an der Sache wurmte, war, daß er diesen Morgen wieder kein einziges Brot aus dem Korb herausholen konnte und daß alles bis zum letzten Brot den Armen ausgegeben werden mußte.
Woher aber kam der Hund? Es blieb ein Geheimnis. Denn obwohl der Bäcker mit weit aufgerissenen Augen überall hinschaute, gelang es ihm doch nicht, den Hund beim Kommen zu erspähen. Erst später, als er mit dem Brot im Maul ruhig aus dem Tor kam, erblickte er ihn. Lautes Gelächter erschallte aus seinem Hof. Deferente wartete nun, bis sich der Hund etwas entfernt hatte, um ihn nicht vorzeitig zu alarmieren. Dann sprang er auf sein Fahrrad und fuhr ihm nach.
Der Bäcker hatte angenommen, daß sich der Hund irgendwo hinsetzen würde, um das Brot zu fressen. Aber der Hund blieb nicht stehen. Dann dachte er, daß er vielleicht in ir-

gendein Haus laufen würde. Aber auch das war nicht der Fall. Immer mit seinem Brot zwischen den Zähnen, trottete er in gewöhnlicher Gangart an den Häusern entlang, ohne je stehenzubleiben oder zu schnüffeln, wie es Hunde sonst tun. Wo würde er wohl endlich haltmachen. Sapori sah zum grauen Himmel auf. Es sah fast so aus, als könne es jeden Augenblick anfangen zu regnen.

Sie kamen über den Kirchplatz und an den Volksschulen vorbei, am Bahnhof und am öffentlichen Waschplatz. Nun waren sie am Stadtrand angelangt, und nachdem sie auch den Sportplatz hinter sich gelassen hatten, wendeten sie sich gegen die freien Felder. Nicht ein einziges Mal, seit er aus dem Hof herausgekommen war, hatte sich der Hund umgedreht. Vielleicht wußte er gar nicht, daß ihm jemand folgte.

Die Hoffnung, daß das Tier einen Herrn hatte, der verantwortlich gemacht werden könnte, versank. Es war wirklich nur ein herrenloser Köter, wie sie in den Tennen der Bauern herumschnüffeln, Hühner stehlen, Kälbchen beißen, die alten Frauen erschrecken und obendrein unappetitliche Krankheiten einschleppen.

Das beste wäre, auf ihn zu schießen, aber um das zu tun, müßte er ja anhalten, vom Rad steigen und die Flinte von der Schulter nehmen. Und das hätte genügt, um den Hund außer Schußweite kommen zu lassen. Sapori setzte also seine Verfolgung fort. Früher oder später würde das Vieh schon einmal anhalten. Nun waren sie auf freiem Feld, und die Straße stieg langsam zu dem kleinen Hügel auf.

6

Sie kamen nun zum Wald. Der Hund bog in einen Seitenweg ein, und dann in einen noch schmäleren, der aber eben und ohne weiteres befahrbar war. Es war ein Glück, daß

zu beiden Seiten der Straße dichtes Unterholz wuchs, denn sollte der Hund nun da abbiegen, dann blieb Deferente nichts anderes übrig, als ihm aus der Entfernung ein paar Schreckschüsse nachzujagen.
Wie lange waren sie nun eigentlich schon unterwegs? Acht oder neun Kilometer hatten sie bestimmt hinter sich gebracht. Und der Hund bleibt immer noch nicht stehen, um zu fressen. Worauf wartet er denn? Bringt er das Brot doch vielleicht jemandem? Endlich, nach einem ziemlich starken Aufstieg, schwenkte der Hund in einen Seitenpfad ein, auf dem man mit dem Rad nicht weiterfahren konnte. Zum Glück verlangsamte auch das Tier der Steigung wegen seinen Lauf. Deferente springt vom Rad, wirft es in das Gebüsch und setzt die Verfolgung zu Fuß fort. Doch der Hund läuft immer rascher. Der Himmel über ihnen ist ganz von Wolken bedeckt.
Als Deferente, fast zur Verzweiflung gebracht, schon nach der Flinte greifen will, sieht er auf der Höhe des steilen Abhangs einen großen Felsen, und auf dem Felsen einen knieenden Mann. Und da fallen ihm plötzlich der Einsiedler, die nächtlichen Lichter und alle die andern lächerlichen Geschichten ein. Der Hund trottet indessen ruhig über das schüttere Gras.

Deferente bleibt mit der Flinte in der Hand etwa fünfzig Meter davon entfernt stehen. Er sieht, wie der Einsiedler sein Gebet unterbricht, mit staunenswerter Leichtigkeit den Felsen herunterklettert und zu dem schweifwedelnden Hund tritt. Mit offensichtlicher Genugtuung läßt der nun das Brot vor den Füßen des alten Mannes niederfallen. Silvestro hebt es vom Boden auf und bricht ein kleines Stück davon ab, das er in seinen umgehängten Beutel steckt, den Rest gibt er lächelnd dem Hund zurück.
Der Einsiedler ist klein und mager und in eine Art Kutte gekleidet; sein Gesicht ist sympathisch und fast kindlich

spitzbübisch. Da entschließt sich der Bäcker, vorzutreten und sein Recht geltend zu machen.
Aber der Einsiedler, der ihn erblickt hat, kommt ihm zuvor. Er sagt: »Willkommen, Bruder! Was führt dich in diese Gegend? Gehst du zur Jagd?«
»Um der Wahrheit die Ehre zu geben«, sagt Sapori unfreundlich, »ich mache hier auf einen Hund Jagd, auf ein elendes Vieh, das mir jeden Morgen ...«
»Oh, du bist das also?« unterbricht ihn der Alte. »Du bist es, der mir jeden Tag das Brot schenkt? Ein herrliches Brot, ein wahrer Luxus, den ich eigentlich gar nicht verdient habe.«
»Das glaube ich schon, daß das Brot gut ist, frisch gebacken. Ich verstehe mich auf meine Arbeit, mein lieber Herr ... und ich denke nicht daran, mir das Brot stehlen zu lassen.«
Silvestro neigte den Kopf und sah still auf das schüttere Gras. »Ich verstehe dich«, sagte er mit einer gewissen Trauer in der Stimme, »du hast allen Grund, dich zu beklagen, aber ich wußte wirklich nichts davon ... Ich werde nun dafür sorgen, daß Galeone nicht mehr ins Dorf geht ... Er wird sicher nicht mehr kommen, ich verspreche es dir.«
»Nun, was das anbetrifft«, sagte der Bäcker, etwas beruhigt, »so mag der Hund meinethalben kommen. Da ist nämlich diese verfluchte Testamentsgeschichte, wegen der ich genötigt bin, jeden Tag fünfzig Kilo Brot wegzuwerfen ... Den Armen muß ich sie geben, diesem hergelaufenen Pack. Wenn also auch ein Brot bis hierherauf kommt ... wegen einem mehr oder weniger ...«
»Gott wird es dir vergelten, Bruder, ob du es nun wegen dem Testament tust oder nicht, du tust auf alle Fälle ein barmherziges Werk.«
»... auf das ich liebend gerne verzichten würde!«
»Ich weiß, warum du so sprichst ... Ihr Menschen habt eine Art Scham ... Ihr wollt euch schlechter machen, als ihr in Wirklichkeit seid, so ist eben die Welt.«
All die Schimpfworte, die sich Deferente zurechtgelegt hatte,

bringt er nun nicht heraus. Ob der Grund nun Verlegenheit ist oder Enttäuschung, er bekommt es nicht richtig fertig, sich zu ärgern. Der Gedanke, daß er der erste und einzige ist, dem es gelang, den Einsiedler aus der Nähe zu sehen, schmeichelt seiner Eitelkeit. Ja – denkt er bei sich –, ein Einsiedler ist eben das, was er ist, und viel kann man nicht aus ihm herausholen. Aber wer weiß, wozu er in der Zukunft noch nützlich sein kann! Wenn er zum Beispiel mit Silvestro einen geheimen Bund schließen würde? Ob ihm daraus nicht ein Vorteil erwachsen könnte? Vielleicht – so denkt er weiter – tut der Alte wirklich einmal ein Wunder, das Volk fängt an, ihn anzubeten, aus der großen Stadt kommen die Kirchenfürsten und die Prälaten, Prozessionen und Wallfahrten werden organisiert. Und er selbst, Deferente Sapori, als Freund des Einsiedlers, von allen beneidet, wird zum Bürgermeister gewählt. Das könnte doch vielleicht eines schönen Tages geschehen.

Mitten in diese Gedanken hinein sagt Silvestro: »Was für eine schöne Flinte du da hast!« und nimmt ihm die Waffe sanft aus dem Arm. In demselben Augenblick, ohne daß es sich Deferente erklären kann, geht plötzlich ein Schuß los, der im ganzen Tal widerhallt. Aber die Flinte entgleitet den Händen des Einsiedlers nicht.

»Hast du keine Angst«, fragt er, »mit einem geladenen Gewehr umherzugehen?«

Der Bäcker sieht ihn mißtrauisch an: »Ich bin doch kein Kind mehr.«

»Sicher«, fährt Silvestro fort, indem er ihm die Flinte wiedergibt. »Sag mal, ist es wahr, daß sonntags im Gotteshaus in Tis kein Platz leer bleibt? Ich hörte, daß die Kirche immer überfüllt ist.«

»Aber woher«, lachte nun der Bäcker mit einer gewissen Genugtuung, »sie ist immer so leer wie meine Handfläche da.« Dann verbessert er sich aber schnell: »Wir sind eben nur wenige, die standhalten.«

»Und wie viele von euch gehen zur Messe? Du und wie viele andere noch?«
»Wenn es hoch kommt, sind wir dreißig, und fünfzig zu Weihnachten.«
»Und fluchen die Leute gern in Tis?«
»Das will ich meinen, zum Teufel, da steht keiner dem andern nach.«
Der Einsiedler schaut ihn an und schüttelt dann den Kopf.
»So sind also wenige da, die an Gott glauben?«
»Wenige?« wiederholt Deferente grinsend. »Nichts als Ungläubige sind das . . .«
»Und die Kinder? Deine Kinder schickst du aber doch in die Kirche?«
»Das will ich meinen! Taufe, Firmung, erste und zweite Kommunion!«
»So, so . . . auch die zweite?«
»Sicher, auch die zweite, mein Jüngster zum Beispiel hat . . .«, aber da hält er inne und hat das unangenehme Gefühl, daß er nun doch eine zu große Lüge gesagt habe.
»Du bist also ein vorbildlicher Vater«, meint der Einsiedler in ernstem Ton. (Warum lächelt er aber nur so seltsam dabei?) »Ich hoffe, du wirst wiederkommen, um mich zu besuchen, und nun gehe mit Gott.« Und dabei macht er eine kleine Geste, als wolle er ihn segnen.
Deferente ist so überrascht, daß ihm keine Antwort einfällt. Und ehe es ihm ganz zum Bewußtsein kommt, hat er schon den Kopf gesenkt und auch das Zeichen des Kreuzes gemacht. Ein Glück, daß außer dem Hund kein Wesen da war, das ihn hätte beobachten können.

7

Dieses geheimnisvolle Bündnis mit dem Einsiedler war eine wunderschöne Angelegenheit, soweit sie den Bäcker in sei-

nen Träumen bis auf den Bürgermeisterstuhl brachte. In Wirklichkeit hieß es, die Augen ordentlich aufzuhalten. Schon diese Brotverteilung hatte ihm in der Meinung seiner Mitbürger viel geschadet, obwohl er ganz schuldlos dazu gekommen war. Wenn sie nun noch erfahren würden, daß er sich sogar bekreuzigt hatte! Gott sei Dank schien niemand, nicht einmal die Bäckergesellen, seinen Ausflug bemerkt zu haben. War er dessen aber auch ganz sicher? Und wie sollte er nun die Sache mit dem Hund beilegen? Man konnte ihm nun eigentlich das Brot nicht mehr verweigern. Aber es war vollständig unmöglich, das alles vor den Augen der Armen zu tun, die hätten wer weiß was für eine Geschichte daraus gemacht.

Deswegen stellte sich Deferente am nächsten Morgen beim ersten Grauen des Tages in der Nähe seines Hauses auf, dort wo die Straße zum Hügel führte. Und als er Galeone herantrotten sah, rief er ihn mit einem Pfiff. Der Hund erkannte ihn und hielt an. Der Bäcker führte ihn nun mit einem frischen Brot in der Hand bis zu einem abgelegenen Schuppen, wo er sein Holz aufbewahrt hatte, legte das Brot dort unter eine Bank und sagte dem Hund, er solle das Brot von nun an hier abholen.

Und wirklich kam Galeone am nächsten Tage dorthin, aber weder Deferente noch die Armen sahen ihn. Jeden Morgen, ehe die Sonne aufging, legte der Bäcker ein Brot in den Schuppen. Und jetzt, da die Tage kürzer wurden und der Herbst fortschritt, sah man im grauen Morgenlicht den Hund des Einsiedlers kaum mehr, und Deferente Sapori lebte so ziemlich ruhig und konnte das Brot aus dem geheimen Schlitz im Korb wegholen. Es wäre wirklich ganz besonderes Pech gewesen, wenn jemand das morgendliche Kommen und Gehen des Hundes bemerkt hätte! Und wenn es auch jemand gesehen hätte, war es immer noch nicht gesagt, daß daraus ein Skandal entstehen mußte. Es gab so viele herumlungernde Hunde, die sich alle ähnlich sahen und merkwürdige Gewohnheiten hatten oder seltsame Dinge taten. So verging die Zeit.

8

Die Wochen vergingen und die Monate, bis der Winter Einzug hielt, mit Eisblumen an den Fenstern und Schornsteinen, die den ganzen Tag über rauchten, mit Menschen, die bis zur Nasenspitze gegen die Kälte geschützt waren, mit ein paar erfrorenen Spatzen und mit einem Schneemantel auf den Hügeln.

In einer eiskalten, sternklaren Nacht sah man plötzlich in der Richtung der verlassenen Kapelle so helle Lichter wie nie zuvor. In Tis brach eine Art Alarm aus, Leute sprangen aus dem Bett, öffneten die Läden, riefen sich von einem Haus zum anderen etwas zu oder gingen auf die Straße. Aber als sie endlich begriffen hatten, daß es wieder nichts anderes war als das Licht Gottes, das beim Einsiedler Silvestro erstrahlte, schlossen die Leute die Fenster wieder, legten sich in die warmen Federn, alle ein wenig enttäuscht und über den falschen Alarm fluchend.

Doch am nächsten Tage verbreitete sich, man wußte nicht durch wen, die Nachricht, daß während der Nacht der alte Silvestro erfroren sei.

9

Da vom Gesetz ein Begräbnis vorgeschrieben war, so begaben sich der Totengräber, ein Maurer und zwei Handlanger, von Don Tobia begleitet, hinaus, um den Einsiedler beizusetzen. Der Dorfpfarrer hatte bisher immer versucht, die Existenz des Einsiedlers am Rande seines Kirchspiels zu übersehen. Auf einem von einem Eselchen gezogenen Karren führten sie den Sarg mit.

Die fünf fanden Silvestro im Schnee ausgestreckt, die Arme über der Brust gekreuzt und die Augen geschlossen. Er sah wie ein richtiger Heiliger aus, und der Hund Galeone lag neben ihm und winselte leise.
Der Leichnam wurde in den Sarg gelegt, nachdem die Gebete gesprochen worden waren, an Ort und Stelle unter dem letzten Bogen der Kapelle beigesetzt, und ein Kreuz wurde auf den frischen Hügel gesteckt. Dann kehrten Don Tobia und die anderen zurück und ließen den Hund zusammengerollt auf dem Grabe liegen. Im Dorf fragte niemand, was sie gemacht hätten.
Der Hund kam nun nicht mehr ins Dorf. Und als Deferente am nächsten Morgen das übliche Brot unter die Bank legen wollte, fand er die Ration vom vorigen Tag noch unberührt vor. Auch am nächsten Tag lag das fast ganz trocken gewordene Brot immer noch da. Als die Tage nun so vorübergingen, ohne daß er wieder erschienen war, vergaß auch Sapori den Hund allmählich.

10

Als Sapori zwei Wochen darauf im Café mit dem Zimmermeister Lucioni und mit dem Cavaliere Bernardis beim Kartenspiel saß, rief ein junger Bursche, der am Fenster gestanden hatte, plötzlich: »Da ist er ja, der Hund!«
Deferente zuckte zusammen und schaute sofort hin. Ein abgezehrter struppiger Hund taumelte auf der Straße von einer Seite auf die andere. Man sah, daß er dem Hungertod nahe war. Es kam Sapori so vor, als sei der Hund des Einsiedlers größer und stärker gewesen, aber wer weiß, wie so ein Vieh nach zwei Wochen Fasten aussehen mag. Außerdem kam er ihm doch bekannt vor. Vielleicht hatte er, von Kälte und Hunger getrieben, das Grab seines Herrn verlassen, um sich im Dorf Futter zu suchen.

»Der ist bald für den Abdecker reif«, spöttelte Deferente, um seine Gleichgültigkeit zu demonstrieren.
»Nun, ich hoffe wirklich, daß er es nicht ist«, sagte plötzlich Lucioni mit einem Lächeln, indem er die Karten zusammenlegte.
»Daß er was nicht ist?«
»Ich hoffe, daß es nicht der Hund des Einsiedlers ist«, antwortete Lucioni.
Der Cavaliere Bernardis, der etwas begriffsstutzig war, wurde plötzlich lebhaft.
»Ich habe den Hund schon einmal gesehen – ja, natürlich, sogar hier in der Nähe, gehört er nicht dir, Deferente?«
»Mir? Wie sollte er wohl mir gehören?«
»Nun, es kann ja auch sein, daß ich mich täusche, aber es kommt mir wirklich so vor, als ob ich ihn schon in der Nähe deiner Backstube gesehen hätte.«
Dem Sapori ist auf einmal nicht ganz wohl. »Na, es gibt soviel herumlungernde Hunde, es kann ja möglich sein, ich erinnere mich aber nicht ...«
Lucioni nickte mit dem Kopf, als spreche er zu sich selbst, dann sagt er:
»Ja, es kann nur der Hund des Einsiedlers sein.«
»Und warum?« fragt der Bäcker und versucht zu lachen. »Warum soll es denn ausgerechnet der Hund des Einsiedlers sein?«
»Alles läßt darauf schließen. Sieh dir an, wie mager er ist! Rechne mal zusammen: eine Zeitlang ist er auf dem Grab gelegen, Hunde tun das immer ... Dann hat er Hunger bekommen ... und nun ist er ins Dorf gekommen ...«
Der Bäcker schweigt. Unterdessen schaut sich der Hund um und starrt ein paar Augenblicke lang durch die Fensterscheibe auf die drei Männer im Café. Der Bäcker putzt sich geräuschvoll die Nase.
»Tja«, sagt der Cavaliere Bernardis, »und ich würde schwören, daß ich ihn schon irgendwo gesehen habe. Und zwar

mehr als einmal und immer in deiner Gegend.« Und dabei schaut er Sapori an.
»Es kann ja möglich sein«, antwortete der, »ich erinnere mich aber nicht.«
Lucioni wirft mit einem vielsagenden Lächeln ein: »Ich würde so einen Hund nicht um alles Gold der Welt behalten.«
»Um Gottes Willen, glaubst du, daß er tollwütig ist?« ruft Bernardis ängstlich.
»Ach was, tollwütig! Ich würde einem Hund nicht trauen, der Gott gesehen hat.«
»Gott gesehen hat ...?«
»Nun, ist er nicht der Hund des Einsiedlers? Und war er nicht dabei, als die seltsamen Lichter erschienen? Alle wissen doch, meine ich, was jene Lichter bedeuteten? Und der Hund war doch die ganze Zeit dabei. Und da glaubt ihr, daß er nichts gesehen hat? Glaubt ihr denn, daß er ausgerechnet bei einem solchen Schauspiel geschlafen hat?«
»Ach, das ist ja Unsinn«, antwortete der Cavaliere. »Wer weiß, was die Lichter bedeuteten. Sie waren auch heute nacht wieder da ... Das ist alles Unsinn.«
»Auch heute nacht?« sagt Sapori mit einer schwachen Hoffnung in der Stimme.
»Ich habe sie mit meinen eigenen Augen gesehen. Sie waren nicht so stark wie damals, aber es leuchtete immerhin ganz schön hell.«
»Aber täuschen Sie sich auch nicht, war es heute nacht?«
»Ja, zum Teufel, heute nacht! Ganz genau dieselben wie damals ... Was soll das nun heute nacht für ein Gott gewesen sein?«
Doch Lucioni macht ein ganz neunmalkluges Gesicht: »Und wer sagt dir denn, daß diese Lichter heute nacht für ihn waren?«
»Für wen ›ihn‹?«
»Für den Hund. Vielleicht ist statt dem lieben Gott heute

nacht der Einsiedler aus dem Paradies gekommen, um mit ihm zu sprechen ... Er hat ihn unbeweglich auf seinem Grab liegen sehen und sich gesagt: ›Schau einmal an, mein armer Hund‹ und ist zu ihm gekommen, um ihm zu sagen, daß er nun genug getrauert habe, daß er nicht weiter daran denken und sich lieber nach einem Beefsteak umsehen solle.«
»Aber nein«, unterbricht ihn der Cavaliere, »es ist ein hiesiger Hund, ich habe ihn oft beobachtet, wie er um den Backofen herumstrich.«
Unterdessen war der Hund weitergelaufen, und man konnte ihn nicht mehr sehen.

11

Deferente war mit einer großen Verwirrung im Kopfe nach Hause gegangen. Was war das nun für eine dumme Geschichte mit dem Hund! Je mehr er sich davon zu überzeugen suchte, daß es sich nicht um den Hund des Einsiedlers handle, um so mehr glaubte er doch daran. Nicht, daß diese Tatsache an sich etwas Beunruhigendes hätte. Aber wie sollte er sich dazu stellen? Ihm jeden Tag wieder ein Brot geben? Und er überlegt: »Gebe ich ihm das Brot nicht, so wird er jeden Tag in den Hof kommen und es sich stehlen, und was soll ich dann machen? Ihn mit Fußtritten wegjagen? Einen Hund, der, ob es einem paßt oder nicht, Gott gesehen hat? Das sind alles nicht so leicht zu nehmende Dinge. Vor allem: Ist der Geist des Einsiedlers Galeone letzte Nacht wirklich erschienen? Und was mag er ihm da gesagt haben? Ob er ihn vielleicht verhext hat? Vielleicht kann der Hund auf einmal verstehen, was wir sagen, und eines Tages selbst zu reden anfangen? Wenn Gott Sich in etwas einmischt, ist alles möglich, man erzählt sich da die tollsten Dinge.« Und er selbst, Deferente, hatte sich in der letzten Zeit schon lächerlich genug gemacht. Wenn die Leute nun auch noch entdecken, daß er Angst hat!

Ehe er ins Haus ging, trat Sapori erst noch einmal in den Schuppen, aber das Brot von vor 14 Tagen war immer noch da, wenigstens das, was die Ameisen davon übriggelassen hatten.

12

Doch weder am nächsten noch am übernächsten Tage kam der Hund, um sein Brot abzuholen. Deferente wünschte sich nichts Besseres. Der Traum, die Freundschaft des Einsiedlers für sich nutzbar zu machen, war mit dessen Tode zerronnen, deswegen war es besser, wenn der Hund sich nicht wieder blicken ließ. Und dennoch fühlte er etwas wie Enttäuschung im Herzen, als er unter der Bank im Schuppen das unberührte Brot sah.

Und noch größer wurde seine Enttäuschung, als er nach weiteren drei Tagen Galeone wiedersah. Der Hund trottete, offensichtlich gelangweilt, über den Marktplatz, er ähnelte in nichts mehr dem Tier, das er durch die Scheiben des Cafés an jenem Tag gesehen hatte. Er stand nun fest auf seinen vier Pfoten und taumelte nicht mehr hin und her. Und wenn er auch noch immer mager war, so hatte sein Fell doch die Struppigkeit verloren, die Ohren waren steif aufgerichtet, und der Schwanz stand in die Höhe. Man sah es ihm an, daß er in der Zwischenzeit gefressen, und gut gefressen haben mußte. Aber wo? Wer hatte ihm wohl zu fressen gegeben? Sapori sah sich um. Die Leute gingen gleichgültig vorbei, als ob sie das Tier überhaupt nicht sähen. Da legte der Bäcker noch vor 12 Uhr ein schönes frisches Brot mit einer Käsescheibe unter die Bank. Aber der Hund holte es nicht ab.

Von Tag zu Tag wurde Galeone kräftiger, sein Fell wurde glänzend und dicht wie das der Hunde von reichen Leuten. Also mußte doch ein Mensch, vielleicht sogar mehrere Men-

schen, für ihn sorgen, und jeder verheimlichte es vor den anderen. Vielleicht hatten sie Angst vor dem Tier, das zuviel wußte, vielleicht dachten sie auf diese Weise, ohne von den Mitbürgern ausgelacht zu werden, die Gnade Gottes erkaufen zu können. Vielleicht hatte sogar ganz Tis denselben Gedanken. Und vielleicht versuchte jeder gegen Abend den Hund mit einem besonders guten Bissen anzulocken.
Es war also möglich, daß Galeone deshalb nicht mehr zu ihm kam, um das Brot abzuholen, weil ihm jetzt Besseres geboten wurde. Niemand sprach jedoch davon, und wenn die Rede zufällig auf den Einsiedler kam, so ließ man das Thema rasch als uninteressant und fast unangenehm fallen.
Wenn der Hund auf der Straße auftauchte, so bemühten sich alle, über ihn hinwegzuschauen, als ob er nur einer der vielen herumlungernden Hunde sei, die es in jedem Dorfe gibt.
Und Sapori wurmte es im Innern, wie einen, der als erster einen guten Gedanken gehabt hat und nun zusehen muß, wie andere Mutigere sich seiner bemächtigen, um Kapital daraus zu schlagen.

13

Ob er nun Gott gesehen hatte oder nicht, auf alle Fälle war Galeone ein seltsamer Hund. Mit fast menschlicher Würde ging er von Haus zu Haus, trat in die Höfe, in die Läden, in die Küchen und blieb ein paar Minuten unbeweglich, die Menschen beobachtend, stehen. Dann ging er leise weiter.
Wenn die Menschen nicht allein waren, dann taten alle so, als ob sie ihn nicht bemerkten, und niemand versuchte, mit naheliegenden Fragen diese Wand von Heuchelei zu durchdringen. Wenn sie jedoch allein waren, so packte sie eine geheime Unruhe, und wahrscheinlich – aber das konnte man nicht genau wissen – bekreuzigten sie sich heimlich.
Was war hinter diesen zwei guten, melancholischen Hunde-

augen verborgen? Vielleicht war in diesen Pupillen das Bild des Schöpfers hängengeblieben. Was hatte er dort zurückgelassen? Zitternde Hände boten dem Hunde Tortenstücke und Hühnerbeine an. Und Galeone, der schon satt war, schaute den Menschen in die Augen, wie um ihre Gedanken zu erraten. Und der Mensch ging aus dem Zimmer, weil er den Blick nicht ertragen konnte.

Nach und nach kam es den Leuten vor, als seien sie von einer Verschwörung umgeben, aber sie wagten nicht, davon zu sprechen. Alte Freunde sahen sich in der Hoffnung an, im Gesicht des andern eine stumme Beichte zu lesen und ihn zum heimlichen Bundesgenossen zu haben. Aber wer würde als erster zu sprechen wagen? Nur Lucioni redete unbeirrt und ohne Scheu über die Sache: »Seht mal an, da ist ja unser tüchtiger Hund, der Gott gesehen hat«, rief er unbekümmert, wenn Galeone auftauchte. Und er schaute einen nach dem andern der Umstehenden grinsend, mit bedeutungsvollem Augenzwinkern an. Die meisten taten so, als ob sie ihn nicht verstanden hätten. Sie fragten zerstreut, was er denn eigentlich meine, schüttelten dann mitleidig den Kopf und sagten: »Was für Geschichten! Mein Gott, wie lächerlich! Ammenmärchen!« Zu schweigen oder sich dem Gelächter des Zimmermeisters anzuschließen, wäre zu kompromittierend gewesen. So gingen sie darüber hinweg wie über einen schlechten Witz. Wenn jedoch der Cavaliere Bernardis zugegen war, lautete seine unvermeidliche Antwort: »Aber was, das ist doch nicht der Hund des Einsiedlers. Der Hund ist von hier. Seit Jahren wohne ich in Tis und habe ihn immer um die Backstube schwänzeln sehen.«

14

Eines Tages war Deferente wieder in den Keller hinuntergestiegen und eben dabei, das Gitter vom Fenster zu nehmen, um das Türchen in dem Korb zu öffnen. Draußen auf dem Hof hörte man die Stimmen der Bettler und die Stimme seiner Frau und des Gesellen, die sie zur Ruhe mahnten. Die geübten Hände Saporis lösten den Verschluß, das Türchen öffnete sich und die Brote fingen an, schnell in seinen Sack zu rutschen. Da sah er mit einem Augenwinkel etwas, was sich im Halbdunkel des Kellers bewegte: Es war der Hund.

Unbeweglich an der Tür stehend, beobachtete Galeone den Bäcker in völliger Ruhe. Aber seine Augen leuchteten phosphoreszierend im Dunkel. Sapori hielt versteinert inne.

»Galeone, Galeone«, stotterte er dann in zärtlichem und befangenem Ton, »hier nimm dies!« Und er warf ihm ein frisches Brot zu. Es fiel mit einem dumpfen Ton auf den Steinfußboden, aber der Hund schaute es nicht einmal an. Als ob er nun genug gesehen habe, drehte er sich langsam um und lief die Treppe hinauf.

Als er wieder allein war, fühlte der Bäcker die Scham in sich aufsteigen, und er fing fürchterlich zu fluchen an.

15

Ein Hund, der Gott gesehen und seine Nähe gespürt hat . . ., wer weiß, welche Geheimnisse er dabei gelernt haben mag. Die Menschen schauen sich gegenseitig hilfesuchend an, aber niemand wagt darüber zu sprechen. Vielleicht sagt sich gelegentlich einer: ›Und wenn nun alles nur Einbildung von mir ist? Und vielleicht denken die andern nicht einmal daran?‹ Aber er läßt sich nichts anmerken.

Galeone ging unterdessen überall vertraulich aus und ein und übersah weder die Ställe noch die Wirtshäuser. Wenn einer am wenigsten darauf gefaßt war, stand er da in einer Ecke und sah ihn unverwandt an. Auch nachts, wenn andere Hunde schlafen, hob sich sein Umriß unerwartet von der weißen Hauswand ab, und man sah ihn in der ihm eigenen, fast täppischen Gangart daherkommen. Hat er denn kein Haus, keine Hütte?

Die Menschen fangen an, sich nicht mehr sicher zu fühlen, auch wenn sie zu Hause hinter fest verriegelten Fenstern und Türen sitzen. Sie horchen angespannt: ein Rascheln im Gras, der vorsichtige und sanfte Tritt von vier Pfoten auf dem Pflaster oder ein fernes Bellen. Galeone bellt weder wütend noch besonders rauh, und trotzdem durchdringt es das ganze Dorf.

»Na, lassen wir es gut sein, vielleicht habe ich mich beim Rechnen geirrt«, sagte der Makler, nachdem er wegen ein paar lumpigen Hellern mit seiner Frau geschimpft hatte.

»Für dieses Mal soll es dir noch einmal hingehen, aber beim nächsten Mal fliegst du . . .«, sagte Frigimelica, dem die Brauerei gehört, und verzichtete darauf, den bummeligen Handlanger zu entlassen.

». . . aber trotzdem ist sie eine wirklich gute Frau!« schloß Frau Biranza unerwartet und ganz im Gegensatz zu dem, was sie vorher gesagt hatte, ihr Gespräch über die Frau des Bürgermeisters. Man hört den umherstreichenden Hund bellen, vielleicht bellt er einen anderen Hund an, einen Schatten, einen Schmetterling oder den Mond; aber vielleicht bellt er auch mit gutem Grund, weil die Bosheit der Menschen durch die Mauern der Häuser über die Straßen und Felder bis zu ihm gedrungen ist. Und wenn sie seinen rauhen Ruf hörten, dann versuchten selbst die Betrunkenen, die aus den Wirtshäusern kamen, aufrecht und gerade zu gehen.

Unerwartet erschien Galeone in dem kleinen Zimmer, wo der Angestellte Frederici eben einen anonymen Brief schrieb, um seinen Arbeitgeber darauf aufmerksam zu machen, daß der Buchhalter Rossi mit kommunistischen Elementen in Verbindung stehe. ›Was schreibst du da?‹ schienen seine guten Hundeaugen zu sagen. Frederici zeigte ihm die Tür. »Geh

schon, geh schon hinaus«, sagte er, ohne daß er die Schimpfworte auszusprechen wagte, die ihm auf die Zunge kamen. Dann legte er das Ohr ans Schlüsselloch, um sich zu überzeugen, daß der Hund auch wirklich fortgegangen war. Und um ganz sicher zu gehen, warf er den Brief ins Feuer.
Ganz zufällig fand sich Galeone am Fuß der Holztreppe ein, die in die Wohnung der schönen und schamlosen Flora hinaufführte. Es war Abend, und die Stufen knirschten unter dem Schritt von Guido, dem Gärtner, der Vater von fünf Kindern ist. Zwei Augen glänzten im Dunkeln. »Verflucht, das ist ja nicht hier«, sagt er überlaut, damit das Tier ihn ja höre, und ist wirklich beinahe verärgert über den Irrtum. »Bei dieser Dunkelheit verfehlt man so leicht den Weg, das ist ja gar nicht das Haus des Notars.«
Und hastig geht er die Treppe wieder hinunter.
Oder man hörte Galeones unterdrücktes Bellen, fast wie ein sanftes vorwurfsvolles Gemurmel, als Pinin und Gionfa eines Nachts in den Lagerschuppen eingedrungen und eben dabei waren, zwei schöne Fahrräder herauszuschieben. »Toni, ich glaube, da ist jemand«, flüsterte Pinin ganz gegen sein besseres Wissen. »Mir kommt es auch so vor«, antwortete Gionfa, »es ist besser, wir laufen weg.« Und beide verschwanden, ohne etwas mitgenommen zu haben.
Oder er stößt ein langgezogenes Geheul unter der Mauer des Backofens aus, gerade im richtigen Augenblick, als Deferente die Kellertüre zweimal hinter sich verriegelt hat und hinabgestiegen ist, um die Armen während der morgendlichen Brotverteilung zu betrügen. Der Bäcker knirscht mit den Zähnen. Wie bekommt er es nur heraus, dieser elende Köter? Er versucht es auf die leichte Schulter zu nehmen, aber dann kommen ihm Zweifel: Wenn Galeone es irgendwie anzeigen würde, ginge die ganze Erbschaft dahin. Und so kehrt er, den leeren Sack unter seiner Schürze versteckt, wieder in seinen Laden zurück.
Wie lange wird diese Verfolgung noch dauern? Wird der

Hund denn nicht endlich einmal weggehen? Und wenn er im Dorf bleibt, wie lange kann er noch leben? Gibt es kein Mittel, ihn aus dem Weg zu räumen?

16

Tatsächlich fing die Kirche nach jahrzehntelanger Vernachlässigung wieder an, sich zu bevölkern. Und ohne übergroßes Erstaunen trafen sich alte Freundinnen sonntags bei der Messe wieder. Jede hatte zur Entschuldigung eine Geschichte bei der Hand: »Was wollen Sie, bei dieser Kälte ist man in der Kirche am besten aufgehoben mit den dicken Wänden, die den Wind nicht durchlassen und die ganze aufgespeicherte Sommerwärme ausstrahlen.« – »Im Grunde ein prachtvoller Mann, unser Pfarrer Tobia«, meinte eine andere. »Er hat mir Samen von seinem gelben japanischen Blütenbaum versprochen, aber wenn ich mich nicht ein bißchen in der Kirche blicken lasse, ist er imstande, so zu tun, als habe er es vergessen.« Und eine dritte sagte: »Wissen Sie, Frau Erminia, ich möchte so gern ein Entre-deux machen, wie es auf der Altardecke ist. Da muß ich schon herkommen, um mir das Muster abzugucken, denn ich kann sie mir ja schlecht ausborgen.« Lächelnd hörten sie die Entschuldigungen der anderen mit an und gaben sich Mühe, ihre eigenen Vorwände möglichst glaubwürdig erscheinen zu lassen. Dann flüsterten sie sich wie die Schulmädchen zu: »Don Tobia schaut her« und neigten die Köpfe über ihre Gebetbücher.

Keine einzige kam ohne Entschuldigung. Frau Ermelinda zum Beispiel hatte für ihre Tochter, die doch so musikalisch war, niemanden anders als den Domorganisten für den Gesangsunterricht gefunden, und nun kam sie natürlich in die Kirche, um ihre Tochter im Chor singen zu hören. Was die Büglerin anbetraf, so wollte sie ihre Mutter hier treffen, weil der Mann die Schwiegermutter nicht mehr zu Hause sehen wollte. Und die Frau Doktor hatte sich ein paar Minuten vorher auf dem Kirchplatz den Fuß verstaucht und wollte sich nur ein wenig hier ausruhen. Ganz hinten in den Seitenschiffen, dort wo bei den von Staub bedeckten Beichtstühlen die Schatten am dunkelsten waren, stand auch der eine oder andere von den Männern verlegen herum. Und Don Tobia sah verblüfft von der Kanzel herab und suchte mühsam nach Worten.

Galeone saß unterdessen auf dem Kirchplatz in der Sonne, und es sah ganz so aus, als gönne er sich eine wohlverdiente Ruhepause. Nach der Messe blinzelte er alle an, ohne sich vom Fleck zu rühren. Die Frauen schlüpften durch das Portal, und jede ging schnell ihres Weges. Niemand sah zu ihm hin. Aber bis sie glücklich um die Ecke gebogen waren, fühlten alle seine Blicke wie eiserne Spitzen im Rücken.

17

Sogar der Schatten irgendeines Hundes, der von ferne aussah wie Galeone, ließ die Menschen schon zusammenschrekken. Das Leben wurde zu einer unablässigen Furcht. Wo ein paar zusammen stehen oder gehen, auf dem Markt oder bei einem abendlichen Spaziergang, fehlt niemals der Hund, und es sieht fast so aus, als belustige ihn die geheuchelte Gleichgültigkeit der gleichen Leute, die ihn, wenn sie ihm allein begegnen, mit den zärtlichsten Namen rufen und ihm köstliche Leckerbissen anbieten. »Ach, was waren das früher doch für gute Zeiten!« rufen die Leute jetzt oft aus, ohne näher zu erläutern, was sie eigentlich damit meinen. Aber alle verstehen auch so, was gemeint ist. Die guten Zeiten nämlich waren damals, als man noch tun und lassen konnte, was man wollte, sich verprügeln, hier und dort etwas mitgehen heißen und sonntags bis um zwölf Uhr im Bett bleiben. Jetzt hingegen nehmen die Händler dünnes Papier und wiegen ehrlich ab, die Hausfrauen prügeln die Dienstmädchen nicht mehr, Carmine Esposito, der das Pfandbüro hatte, ist mit allen seinen Sachen in die Stadt gezogen, und der Gendarmerieunteroffizier sitzt den ganzen Tag vor seiner Amtsstube in der Sonne, langweilt sich tödlich und fragt sich, ob denn die Diebe in die Ferien gegangen sind. Niemand flucht mehr, es sei denn, er befinde sich auf freiem Felde und habe sich vorher ganz genau versichert, daß nicht etwa hinter einem Gebüsch ein dunkelhaariger Hund versteckt sei.

Wer hat jetzt noch den Mut, sich dagegen aufzulehnen? Oder gar Galeone einen Fußtritt zu versetzen, wie es sich alle heimlich wünschten? Nicht einmal mehr auf die Vorsehung können sie hoffen, denn die heilige Vorsehung wird sich höchstwahrscheinlich auf die Seite von Galeone geschlagen haben. Nur der Zufall kann sie noch erlösen.

Der Zufall geschieht in einer stürmischen Nacht mit Blitz und Donner, daß man denkt, das Weltende sei nahe. Aber der Bäcker Deferente hat Ohren wie ein Hase, und das Krachen des Donners hindert ihn nicht daran, ein ungewöhnliches Geräusch in seinem Hof zu hören. Es müssen Diebe sein.

Im Dunkeln griff er nach seinem Gewehr, sprang aus dem Bett und schaute durch die Lattenstäbe der Jalousien. Es schien ihm so, als ob zwei Kerle damit beschäftigt seien, die Tür zu seinem Vorratsraum aufzubrechen. Und bei dem grellen Licht eines Blitzes erblickte er auch, unbeweglich unter den Regengüssen, einen großen schwarzen Hund mitten im Hof. Das konnte kein anderer als er, der verfluchte Kerl, sein, der wahrscheinlich hergekommen war, um die Diebe von ihrem Unterfangen abzuhalten. Mit einem fürchterlichen Schimpfwort griff Deferente nach dem Gewehr, öffnete die Läden ein wenig, damit er das Rohr dazwischenschieben konnte, und zielte bei einem neuen Blitz auf den Hund.

Der erste Schuß ging in einem fürchterlichen Donnerschlag unter. »Haltet den Dieb, die Diebe ...«, schrie der Bäkker, lud sein Gewehr noch einmal und schoß wild in das Dunkel. Er hörte fliehende Schritte im Hof, dann im ganzen Haus Rufen und Türenschlagen. Seine Frau, die Kinder, die Gesellen eilten aufgeschreckt herbei. »Deferente«, rief eine Stimme vom Hof, »Sie haben einen Hund erschossen.«
Galeone – man kann sich zwar in einer Nacht wie dieser irren, aber er scheint es wirklich zu sein – lag steif und starr in einer Pfütze; eine Kugel hatte ihm die Stirn zerschmettert. Tot wie ein Stein. Er regte nicht einmal mehr die Beine. Doch Deferente ging nicht hinaus, um ihn anzusehen. Er ging lediglich in den Keller, um sich zu überzeugen, daß die Türen seines Vorratsraumes nicht erbrochen waren, und nachdem er festgestellt hatte, daß alles in Ordnung war, wünschte er allen eine gute Nacht und kroch wieder in die Federn. »Endlich«, sagte er sich und freute sich auf einen traumlosen Schlaf. Aber es gelang ihm nicht einzuschlafen.

18

Am nächsten Morgen bringen noch vor Sonnenaufgang zwei Gesellen den Hund fort, um ihn in einem Feld zu verscharren. Deferente wagte nicht, ihnen zu befehlen, nicht über den Vorfall zu sprechen; das würde ihnen vermutlich verdächtig vorkommen. Aber er tat alles, um einer großen Rederei vorzubeugen.
Wer aber hatte die Sache verraten? Der Bäcker merkte, daß ihn am Abend, als er ins Café ging, alle merkwürdig ansahen und dann sofort wieder wegschauten, damit er es nicht merke.
»Was waren das heute nacht für Schüsse?« sagte plötzlich

der Cavaliere Bernardis. »Es war wohl große Schlacht vor der Backstube?«
»Wer weiß, wer es gewesen ist«, sagte Deferente so obenhin.
»Sie wollten meinen Vorratsraum aufbrechen, irgendwelches Diebesgesindel, ich gab ein paar Schreckschüsse ab, und sie liefen davon . . .«
»So, so, Schreckschüsse . . .«, sagte Lucioni. »Warum hast du denn nicht nach ihnen gezielt, wenn du schon dabei warst?«
»Bei der Dunkelheit? Man sah absolut nichts. Ich hörte ein Geräusch unten und habe auf gut Glück hinausgeschossen.«
»Und hast dabei ein armes Vieh ins Jenseits befördert, das niemandem etwas zuleide getan hat.«
»Tja«, sagte der Bäcker fast zerstreut, »da habe ich also einen Hund erwischt. Ich möchte nur wissen, wie er da hereingekommen ist. Ich habe keine Hunde.«
Es wurde still ringsum. Alle sahen ihn an. Terravaglia, der das Papiergeschäft besaß, ging zur Türe. »Gute Nacht denn, die Herren«, sagte er und fügte hinzu: »Gute Nacht auch Ihnen, Herr Sapori!« Er hatte die beiden ersten Silben stark betont.
»Habe die Ehre«, sagte der Bäcker und drehte sich um. Was wollte denn dieser dumme Kerl damit sagen. Verurteilt er ihn etwa dafür, daß er den Hund des Einsiedlers erschossen hatte? Statt ihm dafür zu danken? Er hatte die Leute von einem Alpdruck befreit, und nun rückten sie von ihm ab. Was war denn mit ihnen los? Wenn sie doch endlich einmal ehrlich sein wollten! Bernardis versuchte unterdessen ziemlich verlegen, die Sache zu erklären: »Sieh mal, Deferente . . ., der eine oder der andere ist eben der Meinung, es wäre besser gewesen, wenn du den Hund nicht erschossen hättest . . .«
»Und warum? Ich habe es ja nicht mit Absicht getan . . .«
»Mit Absicht oder nicht, es war eben der Hund des Einsied-

lers, sagen sie, und es wäre besser gewesen, ihn in Ruhe zu lassen. Das kann uns nur Unglück bringen . . . Du weißt ja, wie die Leute reden.«

»Was gehen mich die Hunde der Einsiedler an? Zum Teufel, wollt ihr Idioten mir deswegen vielleicht den Prozeß machen?« sagte er und versuchte zu lachen.

Nun nahm Lucioni das Wort: »Ruhe, Leute, Ruhe . . . Wer hat denn gesagt, daß es der Hund des Einsiedlers war? Wer hat denn dieses Märchen aufgebracht?«

Deferente zuckte mit den Achseln: »Wenn nicht einmal ihr es wißt!«

»Die, die heute früh dabei waren, als man ihn einscharrte, behaupten es«, erklärte der Cavaliere. »Sie sagen, daß er es wirklich gewesen sei. Er habe einen kleinen weißen Fleck über dem linken Ohr gehabt.«

»Das übrige alles schwarz?«

»Ja, schwarz«, sagte einer der Umstehenden.

»Ziemlich schwer, mit einem bürstenähnlichen Schwanz?«

»Ja, genau so.«

»Der Hund des Einsiedlers also?«

»Ja, der Hund des Einsiedlers.«

»Dann schaut ihn euch an, euren Hund«, rief Lucioni und zeigte auf die Straße. »Da geht er, und es ging ihm nie so gut.«

Deferente wurde blaß. In seiner gewohnten gemächlichen Gangart trottete Galeone über die Straße, blieb einen Augenblick stehen, um die Männer durch die Glasscheibe des Cafés anzusehen, und setzte dann ruhig seinen Weg fort.

19

Woher kommt es nur, daß die Bettler nun morgens den Eindruck haben, mehr Brot als früher zu bekommen? Und wie geht es zu, daß die Almosenstöcke, die Jahr um Jahr leer geblieben waren, jetzt von Münzen klingeln? Warum gehen selbst die widerspenstigen Kinder jetzt gern zur Schule? Warum bleiben die Trauben jetzt bis zur Weinernte auf den Stöcken, wo sie doch früher meist schon vorher gestohlen wurden? Warum wirft niemand mehr mit Steinen und faulem Gemüse nach dem buckligen Martin? Warum dies alles und noch vieles andere? Niemand wird es eingestehen, denn die Einwohner von Tis sind verschlossene und fortschrittliche Menschen, und nie wird die Wahrheit über ihre Lippen kommen: daß sie nämlich Angst vor einem Hund haben. Nicht etwa Angst davor, von ihm gebissen zu werden, sondern einfach davor, daß der Hund sie für schlecht halten könne.

Deferente wurde immer erbitterter. Das war ja ein Fluch, die reinste Sklaverei. Nicht einmal nachts konnte man mehr aufatmen. Was für eine Last war die ständige Gegenwart Gottes für den, der sie sich nicht wünschte. Denn hier in Tis war Gott keine ferne Legende mehr, stand nicht zwischen Kerzen, von Weihrauchwolken umgeben, in einer Kirche, sondern ging überall ein und aus, von einem Hund repräsentiert. Ein winziges Teilchen des Schöpfers, ein Hauch von ihm war in Galeone eingezogen und sah durch seine Augen, beobachtete, urteilte und rechnete an. Wann wurde der Hund endlich alt? Wann blieb er endlich ruhig in einer Ecke und überwachte das Dorf nicht mehr, so daß man, von seinen Blicken befreit, vielleicht wieder aufatmen konnte?

Die Jahre vergingen rasch. Die Kirche war jetzt auch am Werktag voll, und die jungen Mädchen flanierten nicht mehr nach Mitternacht mit den Soldaten unter den Bogengängen. Deferente hatte sich einen neuen Korb für die Brotverteilung zugelegt, weil der andere auseinandergefallen war, aber er verzichtete darauf, eine geheime Öffnung hineinzuschneiden. Solange Galeone herumlief, hätte er doch nicht den Mut gehabt, den Armen etwas von ihrem Brot zu stehlen. Und der Gendarmerieunteroffizier schlief jetzt in einem schönen Strohsessel vor der Bürotüre.

Mit den Jahren wurde der Hund Galeone immer älter, und immer langsamer trottete er in seiner charakteristischen Gangart durch die Straßen, bis ihn eines schönen Tages eine Lähmung an den Beinen befiel und er nicht mehr gehen konnte.

Das geschah, als er an einem Vormittag auf dem Mäuerchen neben der Kirche geschlafen hatte, unter dem die Straße steil bis zum Flusse abfiel. Vom hygienischen Standpunkt aus war die Lage ziemlich vorteilhaft, weil der Hund von dort oben leicht seine Bedürfnisse gegen den grasbewachsenen Abhang hin abtun konnte, ohne die Mauer oder den Platz zu beschmutzen, doch war er dort oben dem Wind und Regen ohne Schutz ausgesetzt. Auch diesmal taten alle so, als ob sie den zitternden und leise vor sich hin stöhnenden Hund nicht bemerkten. Der Anblick eines leidenden, herrenlosen Hundes war ja weiter nichts Interessantes. Sie errieten wohl aus seinen vergeblichen Anstrengungen, was vorgefallen war, und ihr Herz schlug einen Augenblick von neuer Hoffnung erfüllt. Vor allem konnte der Hund nun nicht mehr im Dorf herumstreichen, er konnte sich wohl kaum einen Meter weit schleppen. Und dann: wer würde ihm wohl jetzt vor aller Augen zu essen geben? Wer würde als erster öffentlich zugeben, daß er geheime Verbindungen mit ihm unterhalten hatte? Wer würde sich wohl als erster lächerlich machen wollen? ›Ich ganz gewiß nicht‹, dachte jeder bei sich. Und so hofften alle, daß Galeone Hungers sterben würde.

Vor dem Abendessen gingen die Leute wie gewöhnlich auf dem Bürgersteig um den Platz und redeten über gleichgültige Dinge. Ihre Blicke streiften dabei das kranke Tier und wandten sich dann unwillkürlich dem herrlichen Panorama des Flusses beim Sonnenuntergang zu. Gegen acht Uhr zog von Norden her eine Wolke auf, und es begann zu regnen. Der Platz lag bald verödet da.

Doch während der Nacht schlüpften Schatten unter dem

niederprasselnden Regen an den Häusermauern entlang, als gelte es eine geheime Verschwörung. Gebückt liefen sie in großen Sprüngen wie gehetzt auf den Platz zu, um dort im Schatten der Portale und Bogengänge den richtigen Moment abzuwarten. Um diese Zeit geben die Laternen wenig Licht, und weite Flächen bleiben dunkel. Wieviel Schatten sind es wohl? Alle wollen sie dem Hund zu essen bringen und tun ihr Möglichstes, um nicht vom anderen gesehen zu werden. Galeone schläft nicht, gegen den dunklen Hintergrund des Tales zeichnen sich zwei grüne phosphoreszierende Punkte ab, und ein klägliches Heulen tönt von Zeit zu Zeit über den Platz.

Ein umständliches Manöver ist nötig. Endlich entschließt sich einer, das Gesicht mit einem Tuch bedeckt und die Fahrradmütze tief in die Stirn gezogen, bis zu dem Hund vorzudringen. Niemand geht ihm aus dem Dunkel nach, um zu sehen, wer es ist, alle haben zu große Angst für sich selbst. Die Angelegenheit mit dem Hund ist eine private Sache, die man mit niemandem teilen will.

Einer nach dem andern legt irgend etwas auf die Mauer neben der Kirche, und das Heulen hört auf.

Der Morgen sieht Galeone unter einer wasserdichten Decke schlafen. Neben ihm auf dem Mäuerchen liegen die herrlichsten Dinge: Brot, Käse, Fleischscheiben und sogar eine Schüssel mit Milch.

20

Das Dorf meinte nun, den gelähmten Hund nicht mehr fürchten zu müssen und endlich aufatmen zu können, aber das war ein Irrtum. Von seiner Mauer aus beherrschten die Augen des Tieres einen großen Teil der Gegend. Fast die Hälfte von Tis befand sich unter seiner Kontrolle. Und wer konnte genau wissen, wie weit seine Blicke reichten? Denn seine Stimme reichte ja auch bis in die entferntesten Häuser, die seine Augen nicht mehr kontrollieren konnten. Und wie sollte man es anfangen, die früheren Gewohnheiten wiederaufzunehmen? Das würde ja soviel bedeuten, als zuzugeben, daß man dieses Hundes wegen sein Leben geändert hatte, und so das abergläubisch durch lange Jahre gehütete Geheimnis preisgeben. Selbst Deferente, dessen Backofen jenseits des Blickfeldes des Hundes lag, scheute sich zu fluchen und nahm auch seine geheimen Operationen im Keller nicht mehr auf. Wenn ein anderer damit anfangen wollte, bitte, er auf alle Fälle würde nicht der erste sein. Ihm reichte der Schreck von damals, als er gemeint hatte, er habe Galeone erschossen, und er war dann plötzlich heil und gesund wieder aufgetaucht.

Galeone wurde unterdessen, da er sich nicht bewegen konnte, aber dafür viel fraß, von Tag zu Tag fetter. Wer konnte wissen, wie lange er noch leben würde. Bei den ersten Nachtfrösten jedoch schöpften die Leute wieder Hoffnung, denn trotz der wasserdichten Decke war der Hund den Winden aus dem Tal ausgesetzt, und nun war es doch leicht möglich, daß ihn eine Lungenentzündung hinwegraffte.

Aber auch diesmal zerstörte der boshafte Lucioni jede voreilige Hoffnung. Er erzählte nämlich eines Abends im Wirtshaus von einem Jagdhund, der nach einer in Schnee und Eis verbrachten Nacht die Tollwut bekommen hatte und den man erschießen lassen mußte.

»Es besteht also die Gefahr«, sagte der Cavaliere Bernardis, der das Talent besaß, unangenehme Aussichten zur Sprache zu bringen, »daß dieser hergelaufene Köter dort auf der Kirchenmauer, den ein paar Einfaltspinsel immer noch mit Nahrung versehen, zu einer öffentlichen Gefahr wird?«

»Und wenn schon!« sagte Deferente. »Er kann sich ja doch nicht mehr fortbewegen.«

»Warum bist du denn so sicher?« fragte ihn Lucioni. »Die

Tollwut verdoppelt die Kräfte. Ich würde mich nicht wundern, wenn er plötzlich wie ein Böckchen zu springen anfinge.«
Bernardis war entsetzt: »Ja, was kann man denn da machen?«
»Was mich angeht, so kann es mir gleich sein«, sagte Lucioni, »ich führe immer einen guten Freund mit mir.« Und er zog seinen Revolver aus der Tasche.
»Du hast gut reden«, erwiderte Bernardis, »du hast eben keine Kinder. Wenn du drei Kinder hättest wie ich, dann wäre dir die Sache auch nicht so gleichgültig.«
»Ich hab' euch nur einen guten Rat gegeben, richtet euch danach, wenn ihr wollt«, sagte Lucioni und polierte dabei den Pistolenlauf mit seinem Ärmel

21

Wie viele Jahre sind eigentlich seit dem Tode des Einsiedlers vergangen? Drei, vier, fünf ... Man erinnert sich nicht mehr genau. In den ersten Novembertagen ist die hölzerne Hundehütte um Galeone fast fertig. Flüchtig hat man sogar in der Gemeindesitzung davon gesprochen, doch niemand hatte den doch viel näherliegenden Vorschlag gemacht, den Hund entweder zu töten oder anderswohin zu bringen. So wurde ein Tischler damit beauftragt, eine Hütte zu bauen, die man auf der Mauer befestigen konnte und die rot angestrichen wurde, weil sie zu der Kirchenfront passen sollte, die aus rotem Backstein war. Was für ein Unsinn, was für eine Dummheit, sagten alle, um damit zu zeigen, daß die Idee nicht von ihnen stammte. So ist die Angst vor dem Hund, der Gott gesehen hat, also kein Geheimnis mehr?
Doch die Hütte wurde nie eingeweiht. Der Bäckergeselle, der morgens früh um vier Uhr zur Arbeit geht und über den Platz kommt, sieht am Fuß der Mauer eine bewegungslose

schwarze Masse liegen. Er nähert sich, berührt sie und läuft schnell zum Backhaus.
»Was ist denn geschehen?« fragte Deferente, als er ihn ganz außer Atem hereinkommen sieht.
»Er ist tot, er ist tot!« stottert der Junge, nach Luft ringend.
»Wer ist tot?«
»Der Unglückshund . . . ich habe ihn am Boden liegen sehen, und er war schon steif wie ein Stück Holz.«

22

Atmen sie nun alle auf? Überlassen sie sich zügelloser Freude? Endlich war nun dieses unbequeme Stück Gottes aus ihrer Mitte verschwunden. Aber es war doch zu lange unter ihnen gewesen. Wie sollte man nun wieder umkehren? Wo wieder von neuem anfangen? In all diesen Jahren hatten die jungen Leute schon andere, bessere Gewohnheiten angenommen, die schönsten Flüche klangen übertrieben und falsch, und die sonntägliche Messe war fast zu einem Vergnügen geworden. Mit einem Wort, man hatte sich eine große Erleichterung versprochen, die nun nicht eintraf.
Und wenn man die freien Gewohnheiten von früher wieder aufnehmen wollte, würde man dann nicht gerade dadurch alles eingestehen? Nachdem man soviel Mühe darauf verwandt hatte, diese Schmach zu verbergen, sollte sie nun plötzlich ans Licht kommen? Ein Dorf, das seinen ganzen Lebenswandel eines Hundes wegen geändert hatte! Bis an die Grenzen des Reiches würde man über sie lachen, sie würden in aller Leute Mund kommen.
Wo aber sollte der Hund nun begraben werden? In den öffentlichen Anlagen? Nein, um Gottes willen nicht im Herzen der Stadt, die Leute hatten genug von seiner Nähe. Auf dem Schindacker also? Die Leute sahen sich schweigend an und wagten nicht, etwas zu sagen. Endlich enthob sie der Ge-

meindesekretär ihrer Verlegenheit, indem er sagte: »Die Gemeindeordnung sieht dergleichen nicht vor.« Sollte man ihn nun in der Brennerei einäschern? Nein, das ging auch nicht. Das beste war wohl, ihn draußen auf freiem Feld irgendwo einzugraben. Aber wo und in wessen Feld? Wer hätte da eingewilligt? Niemand wollte den toten Hund auf seinem Grund und Boden haben. Vielleicht war es das einfachste, wenn man ihn neben dem Einsiedler beisetzte. In eine kleine Holzkiste verpackt, wurde der Hund, der Gott gesehen hatte, auf ein Fuhrwerk gelegt und auf den Hügel gefahren. Es war Sonntag, und mehrere Leute hatten diesen Anlaß benützt, um einen Ausflug zu machen. Sechs, sieben Wagen mit Männern und Frauen folgten der kleinen Kiste, und alle bemühten sich, lustig zu sein. Aber obwohl die Sonne schien, sahen die winterlichen Felder und die kahlen Bäume nicht sehr einladend aus.

Auf dem Hügel angekommen, stiegen alle von ihren Fuhrwerken und gingen zu Fuß bis zu der verfallenen Kapelle. Die Kinder liefen voran.

»Mutter, Mutter«, hörte man sie von da oben rufen. »Schnell, kommt, seht euch das an!«

Sie beschleunigten ihre Schritte und kamen an das Grab Silvestros. Seit jenem längst vergangenen Tage der Beerdigung war niemand mehr heraufgekommen. Am Fuße des Holzkreuzes lag quer über dem Grab ein kleines Skelett. Schnee, Wind und Regen hatten es ausgebleicht und dünn und weiß wie Filigran gemacht. Es war das Skelett eines Hundes.

Die wachsenden Igel

In seinem Haus draußen vor der Stadt arbeitete Staatsanwalt Dr. Giovanni Auer eines Abends an seinem Plädoyer im Prozeß Oleari; er war sich noch unschlüssig, ob er die Todesstrafe beantragen solle oder nicht. Plötzlich hörte er in dem um diese Stunde leeren Wohnzimmer nebenan ein Geräusch. Er stand vom Schreibtisch auf, öffnete die Verbindungstür und schaltete das Licht ein.
Mitten im Zimmer saßen im hellen Schein der Deckenkrone auf dem Teppich drei Igel. Und das seltsamste war, daß die beiden größeren an den Hinterfüßen einen dritten zogen, der mit dem Bauch nach oben auf dem Rücken lag und dennoch den Kopf auf komische Weise in die Höhe hielt, als wolle er um sich schauen. Bei Dr. Auers Erscheinen beschleunigten die Tierchen ihr Getrippel und verschwanden rasch unter dem Buffet.
Daß die Igel im Hause waren, stellte an sich nichts Besonderes dar. Für gewöhnlich tauchten sie allerdings im Keller oder im Holzschuppen auf. (Einmal hatte Dr. Auer einen von ihnen, der gerade in seine Höhle huschte, mit einem Tesching getroffen, ohne ihn indessen an der Flucht hindern zu können.) Merkwürdig war vielmehr der Umstand, daß sie durch irgendein dem Staatsanwalt unbekanntes Loch ins Wohnzimmer gelangt sein mußten. Und über die Maßen merkwürdig mutete an, daß es drei waren. Der junge Jurist schob das Bufett ein wenig zur Seite und entdeckte zwischen Fuß, Boden und Wand einen breiten Spalt: durch den waren sie also hereingekommen! Um diesen Riß zu verschließen, verstopfte er ihn mit alten Zeitungen. Dann begab er sich wieder an seine Arbeit.
Etwa eine halbe Stunde war vergangen, als das Geräusch, diesmal lauter, sich wiederum vernehmen ließ. Diesmal be-

waffnete sich Dr. Auer, ehe er ins Wohnzimmer stürzte, mit einem Spazierstock. (Er glaubte sich zu erinnern, daß Igel eßbar seien und einen ausgezeichneten Wildgeschmack besäßen; oder verwechselte er sie mit Stachelschweinen?) Doch als er im Nebenzimmer Licht angeknipst hatte, blieb er fassungslos stehen. Die drei Igel, die auf weiß Gott welchem Weg abermals hereingekommen waren, krochen in der gleichen Stellung wie vorher über den Teppich. Im Vergleich zu den vorhergehenden waren sie allerdings von ungewöhnlichen Dimensionen und bestimmt nicht kleiner als Milchschweinchen, und der Stachelpelz tat ein übriges.
Vollkommene Selbstbeherrschung und eine geradezu eisige Unerschütterlichkeit den abenteuerlichsten Ereignissen seines Lebens gegenüber waren von je Dr. Giovanni Auers charakterischer Wesenszug gewesen. Somit zuckte er nicht mit der Wimper. Dennoch zögerte er, den Kampf aufzunehmen, und zwar um so mehr, als einer der Igel (aber konnte man sie überhaupt noch so bezeichnen?) aufgehört hatte, den anderen zu ziehen, vielmehr ihm den Rüssel zuwandte und die Zähne bleckte, wobei unklar blieb, ob das eine Drohung bedeutete oder vielmehr die Absicht zu lachen. Auch der zweite Igel hielt bei seinem Tun inne und starrte den Staatsanwalt an. Der dritte dagegen verharrte immer in der gleichen Lage, mit dem Bauch nach oben, jeder Bewegung nahezu unfähig. Und in der Luft war beizender Tiergeruch zu verspüren.
»Ksch! Ksch!« zischte Dr. Auer; er wollte die Igel verscheuchen. Und mit der Rechten hob er den Stock. »Weg, ihr ekelhaftes Viehzeug!«
Da trat der kräftige Igel ein paar Schritte vor, und indem er mit einer gleichsam erklärenden Gebärde die Pfote hob, sagte er ganz deutlich: »Geduld, bester Herr, Geduld. Wir unser Söhnlein nach Hause bringen.« Dann wandte er sich dem Kinde zu, damit es nicht erschrak, und fügte hinzu: »Du wissen, daß der Herr hinken; deswegen er Stock tra-

gen.« Er sprach, indem er die Wörter in Silben aufteilte und alle Verben in den Infinitiv setzte, wie es Ausländer zu tun pflegen, die eine fremde Sprache nur unzulänglich beherrschen; allein er sprach ziemlich geläufig, ohne allzu große Unsicherheit in der Wortwahl.

Der für ihn bezeichnenden Unerschütterlichkeit getreu, schied Dr. Auer in einem blitzartigen Überlegungsprozeß aus dem Bild, das er sich von der Natur geschaffen hatte, die bisher für gültig gehaltene Vorstellung von normalen Igeln aus und setzte an deren Stelle ohne jede Schwierigkeit die von riesigen, sprachbegabten Igeln. »Weg! Weg mit euch!« wiederholte er, wobei er freilich den Stock senkte. »Ich habe genug von dieser Geschichte.« Und ohne einzugreifen, wohnte er dem Abzug der Tiere bei.

Es bedurfte mehr als einer Stunde, um mit Holzstücken und Gips das große Loch in der Wand zu verstopfen, das sich ohne Dr. Auers Wissen unter dem Flügel befand und in dem die drei Tiere verschwunden waren. Mitternacht war vorüber, als er endlich an seinen Schreibtisch zurückkehren konnte. Und das Haus sank erneut in tiefes Schweigen.

Etwa eine halbe Stunde verging. Als sich zum dritten Male vom Wohnzimmer her, und diesmal mit bedeutend größerer Heftigkeit, das Gepolter wiederholte, vermochte Dr. Auer seine Erregung kaum zu meistern. Entschlossen, ein für allemal mit dieser Störung Schluß zu machen, entnahm er einem Schrank das Jagdgewehr und lud es. Er hielt es im Anschlag und riß die Wohnzimmertür auf.

Zunächst war er verblüfft, daß das Licht brannte; denn er erinnerte sich ganz genau, daß er den Schalter umgedreht hatte.

Aber das war noch längst nicht alles. Die drei Igel waren nach wie vor da. Aber keineswegs mehr harmlose Tierchen: diesmal waren sie groß wie Schafe, und ihre Stacheln lang wie Bajonette. Vorsintflutliche Ungeheuer! Der »Sohn« lag sich selbst überlassen mit dem Bauch nach oben auf der

Couch, und die war durchaus nicht etwa zu groß, die Hinterpfoten hingen hinunter; es sah aus, als sitze er. Einer der beiden anderen Igel lag schläfrig auf dem Teppich. Das dritte Tier, von dem mit Recht angenommen werden konnte, es sei die Mutter, bereitete auf einem kleinen Spirituskocher in einem neapolitanischen Tongefäß Kaffee.
Sollte er schießen? Der Staatsanwalt erwog kaltblütig die mögliche Wirkung. Das Junge war zweifelsohne gelähmt. Aber die anderen beiden? Um sie zu erlegen, bedurfte es wohl etwas Durchschlagenderen als einer Jagdflinte. Wenn sie ihn nun angreifen würden?
Alle drei ließen ihn nicht aus den Augen. Es herrschte ein beängstigendes Schweigen. Dann begann die Igelmutter überaus freundlich:
»Haben Sie Geduld, bester Herr«, sagte sie in ihrem exotischen Italienisch. »Das sein nicht unser Haus, ich das wissen. Aber auf diese Weise wir unser Kind amüsieren ... Krank sein unser Kind. Heute Sonntag ... Alle Sonntage wir hierherkommen auf kleinen Besuch ... Sie eine Tasse Kaffee wollen, bester Herr?«
»Tja, ich ...«, stammelte Dr. Auer, der zum erstenmal in seinem Leben von den Ereignissen überwältigt wurde und besorgt war, der Anblick des Gewehrs könnte bei den Tieren Groll wachrufen, »ich war dabei, mein Gewehr zu putzen ... Ich bin heute auf der Jagd gewesen ...«
»Der arme Junge«, fuhr die Mutter geschwätzig fort und deutete mit der Pfote auf das auf der Couch liegende Junge: »Seit sieben Jahren immer so ... Er vor unserer Höhle laufen lernen, als Mann gekommen und geschossen ... Zwei Pfoten nicht mehr laufen ... Kugel drin steckengeblieben ... Dorr, Dorr«, sagte sie zu dem Verletzten, »zeigen dem Herrn die Kugel ... Oh, keine Angst, bester Herr, keine Angst ... Fühlen, wie groß sie sein!«
Dr. Auer verspürte ein ihm unbekanntes Gefühl. Ihm war, als werde er ein anderer. Unruhe, Atemnot befiel ihn, sein

Herz klopfte stark. Aus Büchern, die er gelesen, glaubte er zu verstehen, was es sei. Es heißt: Grauen.
Fügsam näherte er sich dem daliegenden Igel, der sich auf die Seite legte, wobei er mit seinen Stacheln den Bezug der Couch zum Knistern brachte, und mit der einen Pfote zeigte er auf die betreffende Stelle. Auer tastete, indem er die Hand vorsichtig zwischen die Stacheln steckte: in Höhe der Wirbelsäule trat ein Knoten hervor, hart und groß wie eine Billardkugel.
»Mein Gott«, stieß der Staatsanwalt hervor; es war ihm klar, daß unbedingt etwas gesagt werden müsse.
Sogleich streckte der Kranke sich wieder aus und jammerte mit einem eigenartigen Stimmchen: »Die anderen auf den Wiesen spielen, die anderen auf Jagd gehen nach Würmern, die anderen herumlaufen zwischen den Blumen, und ich hier liegen auf Kissen ...« Und er begann zu schluchzen.
»Immer so, immer«, sagte die Mutter mitleidsvoll. »Was für ein Jammer, der arme Junge! Los, Dorr ... dem Herrn deine Geschichte erzählen ... erzählen, wer mit Gewehr geschossen haben ...«
»Ein Mann gewesen sein«, flennte der Igel, »ein Mann, weder groß noch klein, ein Mann wie der da«, und mit der Pfote zeigte er auf den Staatsanwalt, »auch Gesicht bißchen ähnlich sein ...« Endlich begriff Dr. Auer: es war tatsächlich der Igel, den er vor Jahren mit seinem Tesching angeschossen hatte.
Was würde jetzt geschehen? Er erwog davonzulaufen. Aber es war nicht einfach, bis zu der auf die Treppe hinausgehenden Tür zu gelangen. Dazu mußte der Igelvater, der ihn schweigend anstarrte und ihm den Weg versperrte, zuvor erledigt werden.
»Ach, ich nicht fertigbringe, jemandem ein Haar zu krümmen«, erklärte die Mutter. »Aber wenn ich kennen würde diese Kanaille, wenn ich ihr begegnen ... Du, Gog, sag: wenn du begegnen diesem Mann, was du tun?«

Nun er befragt wurde, ließ der Vater endlich seine Stimme ertönen, eine heisere, tiefe Stimme mit einem Akzent, der irgendwie an den in den Marken geläufigen erinnerte: »Ich stieße ihm meine Zähne ins Fleisch«, erwiderte er ohne Zögern, »ich weiß, wohin . . . Und so schnell ließe ich ihn nicht wieder los, nicht so schnell!« Nach diesen Worten fletschte er die Zähne, und es blieb unklar, ob er drohen oder lachen wollte. Oder war es ein Tick?

Der Staatsanwalt wich bestürzt zurück. Diese Viecher wußten also, daß er es gewesen, und waren gekommen, um sich zu rächen. Nur allzugut kannte er diese unzweideutige Art von hinterhältigem Verhör. Wie oft hatte er selber sich ihrer bei Untersuchungen bedient, um die durchtriebensten Füchse zu Fall zu bringen.

»Basta, Mama«, greinte in diesem Augenblick das Junge, »ich genug haben zu warten!«

Vater und Mutter setzten sich gleichzeitig in Bewegung. Vielleicht wollten sie bloß ihr Kind von der Couch herunterziehen. Aber Dr. Auer war der Meinung, daß sie in äußerst drohender Haltung auf ihn losgingen. Er verlor den letzten Rest von Selbstachtung und fiel unvermittelt auf die Knie.

»Erbarmen, Erbarmen, die Herrschaften«, flehte er in feiger Unterwürfigkeit und mit kläglicher Stimme, »es war ein Versehen, ich schwöre es; ein bedauerlicher Irrtum . . . Ein untadeliger Staatsanwalt . . . Wie können Sie nur annehmen . . .?«

Ohne ihn zu beachten, zogen die beiden Ungeheuer ihr Junges unendlich behutsam von der Couch herunter und begannen, es wie einen Kinderwagen wegzuschieben. An der Tür machte der Vater mit herrischer Gebärde einen Flügel auf und schickte sich an hindurchzugehen. Die Mutter war im Begriff, ihm zu folgen; aber als sie auf der Schwelle stand, wandte sie den Kopf um und blickte auf den noch immer knieenden Dr. Auer.

»Elender!« rief sie. »Schande über dich und über euch alle!

Ihr immer sagen: dies gut, dies schlecht. Aber was ihr wissen? Ihr nichts wissen. Ihr immer sagen: großes Verbrechen begehen, wenn große Strafe, wenn kleine Strafe, dann kleine Schuld; wenn keine Strafe, dann keine Schuld. Wir klein sein, ihr schießen. Wir groß sein, ihr auf Knie fallen ... Ihr immer sprechen von Gewissen. Euer Gewissen? Pfui! Ihr immer sagen: Gewissen, Pflicht, Reue, Gewissensbisse ... Warum ihr nicht lieber sagen: Angst? Nur Angst in euch, immer Angst. Du sagen: Staatsanwalt un ... ta ... de ...«
»Untadelig«, flüsterte Auer aus beruflicher Gewohnheit.
»Du sagen untadelig, du entscheiden über Leben und Tod ... Du großer Esel!« Bei diesen Worten fletschte auch sie die Zähne. »Wenn eines Tages Gott krank werden und seine Kräfte einbüßen, ihr alle glücklich sein, fluchen zu können. So ihr Menschen sein.«
Sie unterbrach sich, um Atem zu schöpfen; dann rief sie noch aus: »Du Wurm!« Und liebevoll zog sie ihr Junges auf den Treppenabsatz hinaus und schlug die Tür hinter sich zu. Der Staatsanwalt hörte, wie sie langsam die Treppe hinunterstiegen.

Die Stimme

An dem Tag, an dem das Telefon streikte, beklagte sich alle Welt über Unregelmäßigkeiten und Zwischenfälle am Telefon. Besonders oft kam es vor, daß die einzelnen Anrufe nicht isoliert waren, sondern sich mit denen anderer Teilnehmer kreuzten, so daß man deren Dialoge abhören und selbst mitsprechen konnte.

Gegen dreiviertel zehn Uhr abends versuchte ich, einen Freund anzurufen. Aber bevor ich noch die letzte Zahl seiner Nummer gedreht hatte, war mein Apparat in das Gespräch Fremder mit einbezogen worden. Nach und nach kamen noch mehrere hinzu, so daß es bald wie eine seltsame Versammlung im Dunkel wurde, bei der jeder kommen und gehen konnte und dennoch niemand wußte, wer der andere sei. Alle sprachen deshalb ohne die übliche Heuchelei und ohne Befangensein, und bald hatte uns alle eine außerordentliche Fröhlichkeit erfaßt, wie bei dem übermütigen Karnevalstreiben früherer Zeiten.

Zuerst hörte ich zwei Damen sich – erstaunlich genug – über Kleider unterhalten.

»Nein, die Abmachungen waren klipp und klar, der Rock sollte am Donnerstag fertig sein, und jetzt haben wir schon Montag, und er ist immer noch nicht da. Weißt du, was ich zuletzt gesagt habe? ›Meine gute Frau Brogi‹, habe ich gesagt, ›Sie können den Rock überhaupt behalten und ihn selber anziehen, wenn Sie wollen.‹« Die Stimme war schrill, anmaßend und sprach ohne Atempausen.

»Bravo«, antwortete ihr eine junge, freundliche und lächelnde Stimme, die die Silben ein wenig drehte. »Und was hast du damit erreicht? Nun kannst du warten, bis die dir den Stoff ersetzt.«

»Das werden wir noch sehen, nach all dem Ärger, den ich

habe schlucken müssen. Und, Clara, ich bitte dich nur um eines, wenn du sie das nächste Mal siehst, dann sagst du ihr aber auch, daß das keine Art ist, einen so zu behandeln. Übrigens, auch die Comoncini hat mir gesagt, daß sie jetzt nicht mehr dort arbeiten läßt. Ihren roten Mantel hat sie ihr ganz verschnitten – jetzt, wo sie die vielen Kunden hat, gibt sie sich einfach keine Mühe mehr. Du hättest sie vor zwei Jahren hören müssen: gnädige Frau hin und gnädige Frau her und Komplimente vorne und hinten. Und was ziehe ich nur, um Gottes willen, morgen zum Tee bei Giulia an?«
»Aber Franchina«, antwortete die ruhige Stimme Claras, »du hast den ganzen Schrank so voll von Kleidern hängen, daß du gar nicht mehr weißt, wo du sie hinstecken sollst!«
»Sage das nicht, es sind doch lauter alte Sachen, das Neueste ist noch das braune Tailleur vom vorigen Herbst.«
»Sag du mir lieber, was ich anziehen soll. Ich dachte an den weiten grünen Rock mit einem schwarzen Pullover, oder meinst du, daß sich der graue mehr für den Nachmittag eignet?«
Da mischte sich plötzlich eine mürrische Männerstimme ein: »Und wie wäre es, meine Dame, wenn sie den zitronengelben anziehen würden und einen Kohlstrunk auf den Kopf setzten?«
Schweigen. Die beiden Damen rührten sich nicht, und man hörte wieder den Bärbeißigen: »Hallo, Signora Franchina, sollten Sie so plötzlich Ihr Mundwerk verloren haben?«
Nun war deutlich von mehreren Seiten Gelächter zu hören, anscheinend hatten noch andere dem Gespräch zugehört. Die anmaßende schrille Stimme Franchinas war wieder da: »Mein Herr, ich weiß zwar nicht, wer Sie sind, aber ohne Zweifel sind Sie sehr ungezogen. Erstens schickt es sich absolut nicht, Gespräche, die nicht für einen bestimmt sind, anzuhören, und zweitens . . .«
»O danke für die schöne Lehre, meine Dame oder mein Fräulein, aber man wird doch hoffentlich auch einmal einen

Spaß machen dürfen ... Entschuldigen Sie vielmals, aber wenn Sie mich persönlich kennenlernen würden, wären Sie wahrscheinlich nicht so böse mit mir ...«

»Laß doch«, sagte Clara zu ihrer Freundin, »willst du dich denn mit solchen Leuten herumstreiten? Leg den Hörer auf, ich rufe dich später noch einmal an.«

»Nein, nein, einen Augenblick, bitte.« Diesmal war es eine andere Männerstimme, höflicher, ja fast schmeichelnd, und man war versucht zu sagen: reifer. »Fräulein Clara, einen Augenblick, bitte, vielleicht begegnen wir uns später niemals wieder.«

»Das wäre wohl kein großes Unglück, denke ich.«

Nun waren plötzlich viele Stimmen zugleich am Telefon zu hören, und alle sprachen durcheinander: »Nun hört doch endlich auf, ihr Klatschbasen!« – »Eine Klatschbase sind Sie wohl selbst, wenn Sie die Nase in Angelegenheiten anderer stecken!« –

»Fräulein Clara, Fräulein Clara, wollen Sie mir nicht« (es war eine Männerstimme) »Ihre Telefonnummer geben? Wirklich nicht?« – »Ich werde Ihnen heimleuchten« (das war die Stimme Franchinas), »wer sind Sie denn eigentlich?« – »Ich bin Marlon Brando!« – Man hörte ein allgemeines Gelächter: »Wie witzig!« – »Hallo, hallo, ist dort Rechtsanwalt Bartesaghi?« – Es war eine neue, bisher nicht gehörte Stimme. »Ja, selbst am Telefon, aber wie konnten Sie es denn wissen?« – »Aber ich bin doch Norina, kennen Sie denn meine Stimme nicht mehr, Herr Rechtsanwalt? Ich habe vergessen, Ihnen zu sagen, daß heute noch ein Anruf aus Turin ins Büro gekommen ist und ...« – Der Rechtsanwalt unterbrach sie sichtlich verlegen. »Schon gut, Fräulein, rufen Sie mich später an, es scheint mir hier nicht gerade der geeignete Ort, darüber zu reden, wir wollen unsere Privatangelegenheiten ja nicht der ganzen Stadt mitteilen.« – »Aber, aber« (das war eine Männerstimme) »Sie

Schwerenöter! Herr Rechtsanwalt Marlon Brando versucht Rendezvous mit jungen Damen zu verabreden . . .« – »Hören Sie nun endlich auf mit dem Geschwätz, es gibt Leute, die das Telefon nötig haben.« (Dies schien die Stimme einer Frau so gegen die Sechzig zu sein.) – »Na, erlauben Sie mal« (das war wieder Franchina) »Sie sind doch wohl nicht die unumschränkte Herrscherin über das Telefon!« – »Lieber Himmel, immer noch Sie, haben Sie denn noch nicht genug geredet, ich warte auf eine Verbindung von außerhalb, und solange Sie quasseln . . .« – »So, da haben Sie also die ganze Zeit dabeigesessen und gehört, was wir redeten. Wenn das nicht indiskret ist . . .« – »Nun machen Sie aber schon den Mund zu, Sie Schnatterente.«
Das war ein starkes Stück, einen Moment lang war Ruhe, denn Franchina fand nicht sofort eine würdige Antwort, dann lachte sie schrill: »Hört sie, die alte . . . Schnatterente.« Allgemeines Gelächter setzte ein, ich schätzte die unsichtbaren Zuhörer auf mindestens zwölf. Dann wurde es still. Ob sich wohl alle zurückgezogen hatten oder nur darauf warteten, daß wieder einer die Initiative ergriff? Wenn man recht hinhorchte, meinte man verhaltenes Atmen zu spüren.
Endlich begann Clara wieder mit ihrer feierlichen Stimme: »Sind wir nun endlich allein, Franchina? Was soll ich nur morgen anziehen?«
Da hörte man plötzlich eine klare, jugendliche offene Männerstimme, die durch eine außergewöhnliche heitere Liebenswürdigkeit gefangennahm.
»Clara, wenn Sie erlauben, sage ich Ihnen, was Sie morgen anziehen sollen: den blauen Rock vom vorigen Jahr, den lila Pullover, den Sie gerade von der Reinigung zurückbekommen haben, und die kleine schwarze Cloche. Finden Sie nicht, daß das gut zusammenpaßt?«
»Aber wer sind Sie denn?« Claras Stimme klang nun plötzlich ganz anders, etwas wie eine geheime Angst schwang mit.

»Wollen Sie mir nicht sagen, wer Sie sind?«
Die andere Stimme schwieg.
Nun hörte man Franchina wieder: »Clara, Clara, wie konnte der Mensch denn eigentlich wissen, daß . . .«
Da sagte die Stimme auf einmal sehr ernsthaft: »Ich weiß viele Dinge . . .«
»Das kann jeder sagen. Sie werden eben gerade einmal richtig getippt haben!«
»Glauben Sie wirklich? Soll ich noch anderes zu raten versuchen?«
Claras Stimme kam etwas zögernd: »Bitte, bitte . . .«
»Nun gut, hören Sie zu, Fräulein Clara: Sie haben da ein kleines Muttermal, nur ein ganz kleines . . .«
Claras Stimme wurde nun ganz energisch: »Sie können es einfach nicht wissen, wo . . .«
»Aber es stimmt doch?«
»Sie können es nicht wissen, niemand hat es gesehen, außer meiner Mutter . . .«
»Also sehen Sie, daß ich recht hatte?«
Clara schien den Tränen nahe zu sein: »Niemand hat es je gesehen, das sind häßliche Späße.«
Darauf hörte man wieder die ruhige und angenehme Stimme: »Aber ich habe ja gar nicht gesagt, daß ich Ihr kleines Muttermal gesehen habe, ich habe nur gesagt, daß Sie eines haben!«
Nun mischte sich eine andere Männerstimme ein: »Hör schon auf, du Schwätzer!«
Aber sofort wies ihn die angenehme Stimme zurück. »Langsam, langsam, Herr Marcozzi. Sie sind zweiunddreißig Jahre alt, einen Meter und siebzig groß, verheiratet. Seit zwei Tagen sind Sie stark erkältet und rauchen trotzdem eben in diesem Augenblick eine Zigarette ›Nazionale‹. Reicht Ihnen das, es stimmt doch?«
Darauf ganz schüchtern die Antwort Marcozzis: »Wer sind Sie denn, woher wissen Sie? Ich . . . ich . . .«

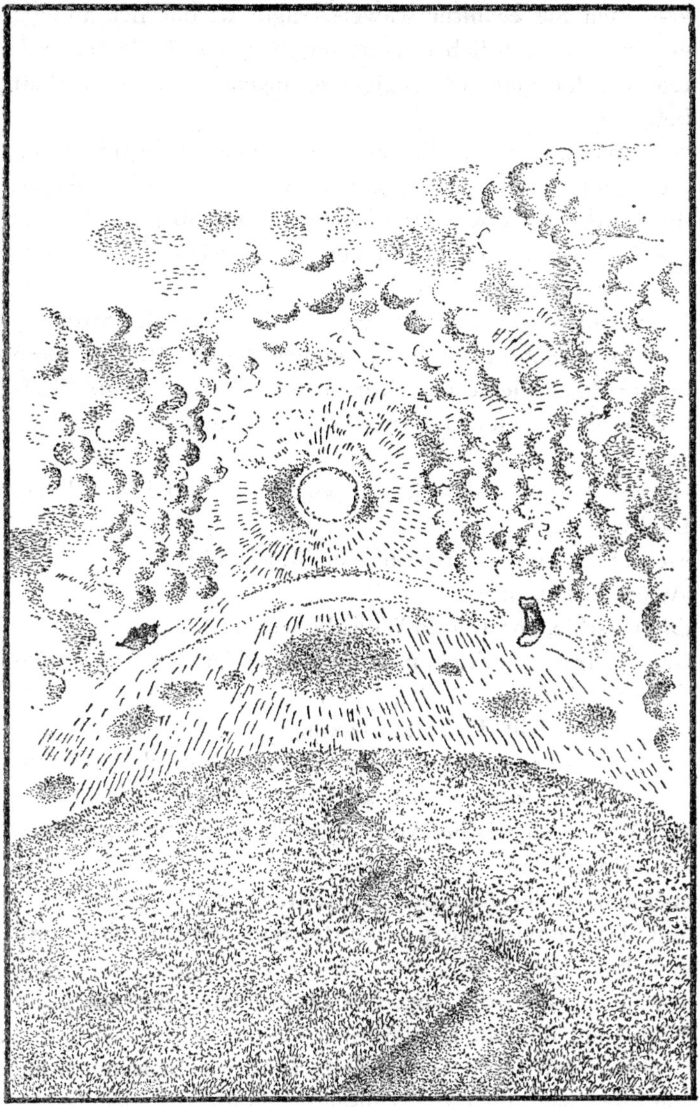

»Nehmen Sie es nicht schwer«, sagte wieder der andere, »wir wollen doch lieber etwas vergnügt sein. Es kommt selten vor, daß man sich in einer so angenehmen Gesellschaft befindet.«
Niemand wagte natürlich mehr, sich über ihn lustig zu machen oder ihm zu widersprechen. Eine unerklärliche Angst, die Furcht vor etwas Unbekanntem, war über die Drähte des Telefons zu uns gekommen. Wem gehörte die fremde Stimme? Einem Zauberer?
Einem übernatürlichen Wesen, das den Platz der Streikenden in der Zentrale eingenommen hatte? Einem bösen Geist? Aber die schöne Stimme hatte so gar nichts Teuflisches, es ging im Gegenteil etwas Bezauberndes von ihr aus.
»Keine Angst« – da war sie wieder –, »soll ich euch ein Lied vorsingen?«
Mehrere Stimmen riefen auf einmal: »Ja, bitte!«
»Was soll es sein?«
Die verschiedenartigsten Wünsche wurden laut.
Er aber fragte noch einmal: »Fräulein Clara, und was wünschen Sie sich?«
»Ach, mir gefällt ›Ufemia‹ so gut.«
Da begann er zu singen. Ich weiß nun nicht, ob es Einbildung war, aber mir schien, als hätte ich niemals in meinem Leben eine so frische, klare, bezaubernde Stimme gehört. Am Schluß erhob sich ein Chor von »Evviva Bravo! Sie sind aber ein großer Künstler, Sie sollten am Radio singen« – und dann immer wieder: »Bitte, noch einmal, bitte noch mehr!«
»Ja«, kam es wieder über den Draht, »aber nur unter der Bedingung, daß alle mitsingen!«
Und nun wurde es ein seltsames festliches Beisammensein von Menschen, die, durch Tausende von Metern voneinander getrennt, jeder für sich mit dem Hörer am Ohr, am Schreibtisch sitzend, im Vorzimmer stehend oder bequem auf dem

Bett ausgestreckt, mitfeierten. Vergessen war die Lust am Schlecht-über-den-Nächsten-Reden, an bösen Späßen, am Gemeinen und Dummen. Durch diesen Unbekannten, der uns weder seinen Namen noch sein Alter, noch seine Adresse genannt hatte, fühlten wir fünfzehn fremden Menschen uns als Brüder. Jeder von uns glaubte mit schönen und jungen Frauen zu reden, und jede der Damen sah in uns gutaussehende Männer mit interessanter und verwegener Vergangenheit. Der zauberhafte Orchesterdirigent in unserer Mitte hob uns über die Dächer der Stadt in eine verwunschene Welt. Es war fast Mitternacht, als er das Zeichen zum Aufhören gab. »Nun ist es aber genug, morgen muß ich wieder früh zur Arbeit. Vielen Dank auch für die gute Gesellschaft.«
Alle protestierten: »Bitte noch nicht, nur noch ein Lied, ein einziges!«
»Nein, ich muß wirklich gehen, meine Damen und Herren. Gute Nacht, liebe Freunde!«
Die Enttäuschung war groß, man tauschte die letzten Grüße: »Gute Nacht, gute Nacht. Das war aber sehr schön. Wer weiß, wer der wohl gewesen ist. Ja, wer?«
Jeder hängte auf, und die Einsamkeit senkte sich mit einem Schlage auf alle Häuser. Ich war noch am Hörer geblieben. Und richtig, nach ein paar Minuten sprach er, der Rätselvolle, noch einmal über den Draht:
»Clara, Clara« – es war nur ein Flüstern –, »hörst du mich?«
»Ja«, antwortete sie leise in zärtlichem Ton, »ja, ich höre dich, aber bist du sicher, daß sie alle weggegangen sind?«
»Alle, außer einem«, sagte er gütig, »außer dem einen, der die ganze Zeit zugehört hat, ohne ein einziges Wort zu sagen.« Er meinte mich. Klopfenden Herzens legte ich den Hörer auf.
Wer war das gewesen? Ein Engel? Ein Seher? Vielleicht der Teufel? Oder der Geist des ewigen Abenteuers? Die Verkörperung des Unbekannten, das auf uns wartet? Oder ein-

fach nur die Hoffnung? Die unverwüstliche Hoffnung des menschlichen Herzens, die sich in den verborgensten Ecken, sogar in dem Labyrinth der Telefondrähte, verstecken kann, um den Menschen von der Armseligkeit seines Daseins zu erlösen?

Die Bodenkammer

An einem Sommernachmittag, an dem ich ganz allein daheim war, machte ich eine seltsame Entdeckung. Ein Freund hatte mich angerufen und gefragt, ob ich ihm ein lateinisches Wörterbuch leihen könne (wahrscheinlich brauchte er es für Kreuzworträtsel), und ich hatte ihm geantwortet, daß ich vielleicht unter meinen alten Schulbüchern eins hätte. Ich schickte mich also an, in das obere Stockwerk hinaufzusteigen, eine Art Dachgeschoß, wo ich mein Atelier hatte. Nebenan, in drei seitlich gelegenen Kammern, waren die Überreste meines vergangenen Lebens aufgestapelt: Bücher, Bilder, Teppiche, Spielzeug, Koffer, Fahrräder und so weiter. Die Kammer, in der sich die alten Bücher befanden, der kleinste der drei Räume, hatte das Aussehen eines engen Korridors, dessen Decke durch die Neigung des Daches abfiel; sie erhielt ihr Licht durch ein winzig kleines, rundes Fenster. Schon seit meinen Kindertagen hatten diese verlassenen und in einem gewissen Sinne geheimnisvollen Gänge in mir das Gefühl des Unheimlichen wachgerufen, wie es übrigens dergleichen Dachböden stets auszuströmen pflegen. Und auch jetzt noch empfand ich, obwohl fünfundzwanzigjährig, ein kaum spürbares und dennoch abenteuerliches Wohlgefallen, sie aufzusuchen; es herrschte unendliche Stille, alles war in tiefem Schlaf befangen, und der Lärm der Stadt scholl nur wie aus weiter Ferne herauf.
Ich nahm den Schlüssel, erklomm die Wendeltreppe, und als ich oben war, überraschte mich ein ganz eigenartiger, alles andere als unangenehmer Geruch, der freilich völlig anderer Art war als das wohltuende Arom alter Dinge, wie ich das dort oben immer sonst antraf. Es war vielmehr ein frischer, scharfer Geruch, der sich noch verstärkte, als ich mich der Bücherkammer näherte.

Kaum hatte ich die Tür geöffnet, als ich mir über seine Herkunft klar wurde. Inmitten der Bücherstapel längs der Wände lag ein großer Haufen köstlicher Äpfel; er nahm ungefähr drei Viertel des Raumes ein und erreichte an der Rückwand etwa ein Meter Höhe. Ich fragte mich einen Augenblick lang, ob ich nicht etwa aus Versehen in die Bodenkammer eines anderen Mieters geraten sei, vielleicht durch eine nachlässigerweise offengelassene Tür. Aber aller Zweifel schwand sofort hin.

Es waren Äpfel von mittlerer Größe, aber von außergewöhnlicher Farbe. Grob geschätzt, dürften es drei Doppelzentner gewesen sein. Wer mochte sie hier heraufgebracht haben? Nie hatte ich dem Hausmädchen Teresa Anweisung gegeben, Vorräte solcher Art anzulegen. Ein eigener Entschluß ihrerseits schied von vornherein aus. Auf alle Fälle hätte sie es mir gesagt. Leider war sie gegenwärtig, wie vereinbart, in den Sommerferien und würde erst in einer Woche zurückkommen. Einzig die Hausmeisterin hätte etwas davon wissen können.

Nun, es war kein Unglück, ganz im Gegenteil. Unversehens ein Zimmer voll mit Äpfeln, noch dazu herrlichen Äpfeln, vorzufinden, hätte mir eigentlich Freude machen müssen, ganz gleich, woher sie kamen. Und dennoch hatte diese Entdeckung, die mir zu Beginn einen geradezu humoristischen Eindruck gemacht hatte, auch eine geheimnisvolle Seite, welche durch die Beschaffenheit der Stätte, die Einsamkeit und die lähmende Atmosphäre der Tagesstunde noch verstärkt wurde.

Während ich dieses seltsame Problem erwog, beugte ich mich fast gedankenlos zu Boden, nahm einen Apfel in die Hand, wischte ihn ein wenig mit dem Taschentuch ab und wollte ihn kosten. Aber kaum hatte ich hineingebissen, als mir ein kalter Schauder über den Rücken rann. Ich stand wie versteinert da, mit halbgeschlossenem Mund, die Zähne noch in dem weißen Fleisch des Apfels. Mein Herz begann heftig zu pochen. Das war kein Apfel! Oder besser gesagt: er hatte zwar die Form eines Apfels, das Gewicht, das Aussehen, aber was den Geschmack anbelangte, so erinnerte nur ein geringfügiger Teil an die Äpfel, die ich in meinem bisherigen Leben gekostet hatte. Niemals hätte ich mir vorstellen können, daß ein so wunderbarer Geschmack auf der Welt existiere. Beim ersten Safttropfen, der meine Lippen berührte, hatte ich ein solches Gefühl der Beunruhigung und der Schärfe empfunden, daß es mir den Atem verschlug. Dann jedoch preßte ich langsam die Zähne aufeinander, biß ab und begann gierig zu kauen, wobei sich die Lust daran erneuerte und verstärkte. So heftig war jene Lust, daß ich in eine Art Glücksrausch verfiel, und dabei hatte ich doch kaum einen halben Apfel gegessen.

Statt über dieses regelwidrige Phänomen zu erschrecken, wie es der gesunde Menschenverstand verlangt hätte, fing ich ohne jeden Grund zu lachen an und betrachtete mit einem geradezu tierischen Wohlgefallen die übrigen Äpfel vor mir.

Ja, ich schloß die Tür, und sogleich fragte ich mich, warum ich das getan hätte. Es schüttelte mich, und da erst überkam mich Furcht. ›Warum habe ich die Tür geschlossen?‹ fragte ich mich. Und ich versuchte zu antworten, indem ich mich belog: es sei nichts, einfach eine Bewegung, ganz unwillkürlich, ohne besonderen Grund. ›Nein, nein‹, sagte mir dagegen eine innere Stimme, ›du hast es aus einem ganz bestimmten Grund getan, du hast die Tür zugemacht, aus Furcht, es könnte dich jemand sehen.‹

Und so war es tatsächlich. Noch ehe ich den Apfel aufgegessen hatte, wurde ich von einem dunklen Gefühl übermannt. Tausend Gedanken, die die Lust bis jetzt ferngehalten hatte, bestürmten mich. Mir schien, als habe mich gewissermaßen ein bösartiger Feind geködert. Niemals hatte ich sagen hören, es gebe auf Erden solcherlei Früchte, die berauschender seien als irgendein Getränk. Die empfundene physische Lust war übermäßig, so geartet, als überschreite sie die erlaubten Grenzen der Natur, dazu war sie zu heftig und zu verworren, um ehrlich zu sein. Ich brauche gar nicht hinzufügen, daß ich auf der Stelle an den Baum des irdischen Paradieses dachte und mir sagte, ich müsse auf der Hut sein, damit der Teufel nicht zu meinem Schaden seine Verführung wiederhole.

Das alles war lächerlich, schlechthin kindisch. Ja, vielleicht hatte ich tatsächlich die Tür geschlossen, um zu verhindern, daß mich jemand, der zufällig auf den Dachboden gekommen wäre, überraschen konnte; aber es gab auch einen guten Grund dafür: den Wunsch, das Obst der Begehrlichkeit andrer zu entziehen.

Nachdem ich den Apfel aufgegessen und das Kerngehäuse weggeworfen hatte, wurde der Rausch langsam schwächer. Jeder übernatürliche Schatten entschwand. Ich lächelte bei dem Gedanken an das, was ich zu denken gewagt hatte. ›Was für eine Einbildung‹, sagte ich mir. ›Hast du dich für so wichtig gehalten, daß der Teufel in Person sich um dich bemühen könnte? Und auf seinen Schultern Säcke von Äpfeln die Treppen heraufschleppen würde?‹ Wer weiß denn, ob die Äpfel des irdischen Paradieses nicht lediglich ein Symbol sind? Schlimmer als ein Weib hatte ich mich verhalten. Zugegeben: herrlich hat er geschmeckt, aber alles in allem war es nur ein Apfel. Wer weiß, was in mich gefahren war, als ich ihn aß. Die Hitze vollführt bisweilen dergleichen Scherze.

Diese und ähnliche landläufige Dinge sagte ich mir, während ich mir eine Zigarette anzündete. Und dennoch, wenn ich mir auch das Gefühl von vorhin mit einer physischen Störung erklärte: das Vorhandensein der Äpfel erzeugte in mir eine gewisse Unruhe. Und ganz umsonst wiederholte der gesunde Menschenverstand seine Beweisführungen. Abermals tauchten boshafte Zweifel auf, und zwar in so starkem Maße, daß sie mich veranlaßten, eine Probe zu machen: ich wollte eine Stunde hingehen lassen, damit ich meine Ruhe wiedergewann, und dann einen zweiten Apfel essen; auf diese Weise würde die Frage sich entscheiden lassen. Der Verdacht, es könne sich um giftige oder vergiftete Früchte handeln, war mir nicht einmal andeutungsweise in den Sinn gekommen.

Als der Maler, der ich damals war, fühlte ich mich ganz im Ernst zu großen Dingen und vielleicht sogar zu Ruhm berufen. Da mein Lieblingsmodell ebenfalls in den Ferien war, hoffte ich an jenem Nachmittag an einem großen Stillleben weitermalen zu können; es stellte einen Kleiderständer mit verschiedenen daran hängenden Kleidungsstücken dar. Ich schloß also die Bücherkammer und ging in mein Atelier hinüber.

Aber mein Versuch zu arbeiten blieb vergeblich. Das kaum skizzierte Bild sagte mir nichts mehr. Zwei Mäntel, ein Jackett, zwei Hüte hingen vor mir, schlaff herabfallend, so wie sie das Gesetz der Schwere zufällig angeordnet hatte. Der Ausdruck der Verlassenheit und der Trostlosigkeit, dem ich in diesem Bild Gestalt zu geben beabsichtigte, entzog sich mir jetzt völlig. Ja, ich fragte mich, warum ich diese geschmacklose Arbeit überhaupt angefangen hätte. Und zudem machte mich der Gedanke an das bevorstehende Experiment überaus ungeduldig. Mein Hoffen – ich vermochte es mir nicht zu verhehlen – wollte, daß der zweite Apfel mir den gleichen Genuß wie der erste bereiten solle, obschon das ein zum Fehlschlagen verurteilter Traum sein konnte. Nichts erschien mir wünschenswerter. Und mit Bangigkeit fragte ich mich gleichzeitig, wie man die anderen Äpfel aufbewahren müsse, aufeinandergehäuft würden sie leicht faulen; sie mußten der frischen Luft ausgesetzt werden. Aber wo? In der Wohnung war kein Platz, und anderseits war es besser, daß niemand, auch Teresa nicht, etwas davon erfuhr.

Je näher der festgesetzte Augenblick kam, desto stärker

wurde das Verlangen. Ich versuchte zwar, mich zu beruhigen, mir einzureden, daß die Äpfel in der Kammer sich als völlig normale Äpfel erweisen würden, daß das Zeitalter der Zauberei längst vorbei und es grotesk sei, sich so beeinflussen zu lassen. Und trotzdem gewann die naschhafte Gier schließlich die Oberhand; es würde mir eine tiefe Enttäuschung bereiten, wenn ich nicht mehr den köstlichen Geschmack von vornherein zu kosten bekäme. Ich legte den Pinsel beiseite, begann im Atelier auf und ab zu gehen und schaute nach der Uhr.

Endlich war es soweit. Ich befand mich in einem durchaus normalen physischen Zustand; so schien es mir wenigstens. Ich machte die Tür der Bodenkammer auf, trat ein und nahm einen Apfel, und zwar den erstbesten. Ich biß hinein, ohne ihn auch nur abzuwischen.

Einen Augenblick der Verzückung ... Abermals ein Schauder, wie eine Welle, die mich sanft mit sich zog ... Wohin war sie entschwunden, die Furcht von zuvor? Nicht im mindesten ließ ich mir einfallen, der Versuchung zu widerstreben. Heißhungrig verschlang ich den Apfel, schluckte große Bissen hinunter, ohne zu kauen, nur um den Genuß zu steigern. Sehr bald überkam mich Vergessen, und nicht nur mein Geist schwebte plötzlich in glückseliger Unbeschwertheit (gemischt mit Vorahnungen des Ruhmes), sondern mein ganzer Körper erfreute sich eines ähnlichen Zustandes, jugendlich, geschmeidig und stark wie nie zuvor.

Ich aß zwei Äpfel hintereinander, und dabei waren diese ziemlich groß. Dann ging ich in mein Atelier zurück, warf mich auf die Couch und ließ mich von den tollsten und angenehmsten Träumen forttragen. In diesem Zustand verharrte ich mindestens zwei Stunden.

Die Sonne war schon am Untergehen, als ich wieder zu mir kam. Mit den hereindringenden ersten Abendschatten kehrten auch meine Befürchtungen wieder. Der Versuch hatte sich nur als allzu beweiskräftig erwiesen; aber nicht in dem

Sinne, den die Ehrlichkeit hätte erhoffen können. Obwohl von dem glücklichen Rausch nur ein blasser Nebel übriggeblieben war, obwohl ich kein Unwohlsein und keinen Ekel verspürte, konnte ich mir selbst gegenüber die wahrhaft beunruhigende Eigenartigkeit der Äpfel nicht leugnen.

Ich hatte, mehr noch als das erste Mal, das Bewußtsein, etwas Schlechtes getan zu haben. In der Lust, die die Äpfel mir schufen, lag etwas Zweideutiges, wenn nicht geradezu Widernatürliches. Ich stand auf – und wunderte mich, daß ich keinen schweren Kopf hatte – und kehrte in die Bücherkammer zurück. »Wer weiß«, sagte ich mir, »vielleicht sind die Äpfel verschwunden, auf genau dieselbe geheimnisvolle Weise, wie sie gekommen sind; jedenfalls aber ist es gut, wenn ich die Tür schließe.«

Aber die Äpfel waren nicht verschwunden. Im bläulichen Dämmerlicht bildeten sie eine kompakte und gleichsam lebendige Masse; so stark war ihre üppige Lebenskraft. Und ihr Geruch war noch stärker denn zuvor: es schien, als verspreche er mir noch viele Stunden ungekannter Lüste, und er verhieß sie mit einer leicht verdächtigen Freigebigkeit, die meiner Skrupel spottete. Wie oft habe ich mich in den darauffolgenden Jahren gefragt und frage mich heute noch: warum hast du nicht sofort mit einem guten Freund darüber gesprochen? Vielleicht hätte ich dann den Zauberbann, der mich zum Sklaven machen sollte, brechen können. Hätte ich einem guten Freund von der Entdeckung erzählt, hätte ich ihn in den Bodenraum geführt und ihn einen jener Äpfel kosten lassen, so hätte sich die ganze Geschichte in Heiterkeit aufgelöst und alle traurige Suggestion hätte ein Ende gehabt; übriggeblieben wäre nur die Genugtuung, außergewöhnliche Früchte zu meiner Verfügung zu haben, die durch irgendeine unbekannte Eigenart des Baumes eine starke, berauschende Kraft besaßen.

Nun aber bin ich allein in dem verlassenen Haus, und die

Nacht bricht herein. Es erübrigt sich, die Tür zu verriegeln (im Grunde genommen möchte ich es nicht einmal). Schon ist jemand hereingekommen und sucht nach mir, kein alltägliches Wesen, sondern ein unsichtbares und unbekanntes, Freund und Feind zugleich, und es kommt aus einem fernen Schlupfwinkel. Und dabei war ich innerlich ruhig, machte mir keine Gedanken, war fast stolz darauf, daß gerade mir unter soviel Millionen Menschen diese wunderbaren Früchte gebracht worden seien, mir und nicht den anderen. (›Oder war nicht gerade das Gegenteil der Fall?‹ fragte ich mich. ›Konnte es nicht ein weitverbreitetes Geschehnis sein? Konnte es nicht sein, daß alle Menschen, einer nach dem andern, eines Tages den Speicher mit wohlduftenden Äpfeln angefüllt fänden, die ihnen geheimen Genuß bereiteten, und daß keiner je wagte, darüber zu sprechen, entweder aus Geiz oder aus Scham, da er glaubte, der einzige zu sein? Oder aber vielleicht nicht alle, sondern nur ganz wenige, die Bevorzugten, um deren kostbare Seelen Engel und Dämonen an den Friedhofspforten streiten?‹) Bei diesem Gedanken kam mich das Lachen an, und dann ging ich aus und aß mit Freunden zu Abend. Auf der Straße fiel alle Last von meiner Seele ab. Es wunderte mich, daß ich so töricht gewesen war, mir solche Geschichten einzubilden. Die Sonne war noch nicht gänzlich in ihr westliches Grab gesunken, und Schwärme von Schwalben kreisten in der warmen Luft. »Schließlich sind die geheimnisvollen Äpfel eine Quelle neuer Kraft für mein Leben«, sagte ich mir. Frei und unbeschwert scherzte ich mit den Freunden und ließ keinem gegenüber ein Wort über meine Entdeckung fallen.

Aber später, nach Mitternacht, als auch der letzte Gefährte von mir gegangen war und ich mich auf den Weg nach Hause machte, war jede Lust zum Lachen vergangen. Ich konnte es schon sehen: dort drüben, hinter der Ecke, da war mein Fenster, dort auf dem Dach die kleine Luke der

Bodenkammer. (›Alles ist dunkel, siehst du nicht? Wer soll auch da sein? Was für Dummheiten bildest du dir ein? Was ist dir? Hast du vielleicht Angst, wieder heimzukommen?‹) Eben das war es: zweimal ging ich an der Haustür vorbei, ohne daß ich den Mut zum Eintreten aufgebracht hätte; bis mir schließlich das Bild der Äpfel, die Erinnerung an ihren Duft und an ihren zauberhaft süßen Geschmack mit voller Deutlichkeit ins Gedächtnis zurückkehrte. Ich stellte mir vor, daß dort, im Hause, im Dunkel verborgen, der andere (der Feind) hockte, um mein Kommen wisse und mich jetzt mit dem Ruf des Verlangens locke. Und wenn ich anderseits oben auf dem Dachboden nichts mehr finden würde? Wenn alles nur ein Scherz gewesen wäre? Wenn mir von so großer Lust nur ein schmerzlich-bitterer Nachhall verbleiben sollte?

Ich stürzte die Treppe hinauf, machte die Wohnungstür auf, knipste das Licht an und schaute voller Unruhe um mich; dann hob ich einen Vorhang mit verdächtigen Falten; als ich im Flur weiterging, drehte ich mich mit einem befremdlichen Angstgefühl zweimal um. Und jetzt die Wendeltreppe hinauf! Gott sei Dank, auch hier oben ist elektrisches Licht, mach also die letzte Tür auf. Siehst du sie jetzt, deine Äpfel? Siehst du, daß sie nicht verschwunden sind? Nimm welche, iß sie ohne Furcht; so viele sind noch da, sie können auf Monate und Jahre hinaus reichen. Was? Solltest du etwa Bedenken haben? Schämst du dich vielleicht? Wo du doch nichts anderes begehrst!

Welche Freude in jener Nacht, droben in der Bücherkammer, dem süchtigen Verlangen hingegeben. Ich zögerte sogar, die Kerngehäuse wegzuwerfen, als sei auch das wertvoll, und wie gut hatte ich sie ausgesaugt! Im Kauen hefteten sich meine Augen ganz mechanisch auf die Einbände der aufgestapelten Bücher: De Amicitia, Lateinische Satzlehre, Geschichte der Philosophie, Detranquillitate animi, Pascal ... lauter alte Schulbücher. Ich mußte lachen, als ich daran zurückdachte. Und meine Respektlosigkeit war desto größer, als es schien, ich sei nicht allein; einer, der viel stärker als ich, wenngleich unsichtbar war, saß mir zur Seite und flößte mir Vertrauen ein, ja, er lobte mich rückhaltlos, indem er immer wieder zu mir sagte: Bravo, bravo! Schließlich schlief ich ein, in himmlische Träume entrückt.

In der nun folgenden Zeit fuhr ich fort, den Vorrat an Äpfeln regelrecht zu plündern. Aber wie es bei vielen Genüssen des Lebens geschieht, wurde die Befriedigung etwas geringer. Es bedurfte also einer gewissen Unterbrechung, damit ich in den Äpfeln den erlesenen Geschmack der ersten Tage wieder wahrnehmen konnte. Und nicht nur das: in den seltenen Tagen, da ich frei von Begehren war, bestürmte mich immer stärker die Furcht vor dem, was ich tat. Es bestand kein Zweifel mehr, daß die Herkunft der Äpfel bösartiger Natur war. Nach meinen Besuchen in der Bodenkammer ergriff mich Abscheu, wenngleich kein physischer. Und ferner fiel mir auf, daß – während mein Körper keinerlei nachteilige Folgen verspürte – mein Geist in Apathie versank. Stundenlang ging ich in meinem Atelier auf und ab, den Pinsel in der Hand, unfähig, etwas zu tun. Beim ersten Versuch der Ausführung stellte sich jede Idee als jämmerlich heraus. Sogar die Hand zitterte beim Skizzieren der Vorzeichnung. Ganze Wochen gingen fruchtlos hin.

›Solltest du ein so verworfener Kerl sein‹, sagte ich mir, ›daß du nicht die Kraft aufbringst, damit Schluß zu machen? Merkst du denn nicht, daß du dich zugrunde richtest? Wie konntest du dir einbilden, daß soviel Genuß nicht teuer bezahlt werden müsse?‹ Die besten Vorsätze reiften in mir. Ich gab mir mein Ehrenwort, die Äpfel nie wieder anzurühren. Und ich erwog sogar Mittel und Wege, mich ihrer zu entledigen. Einen oder gleich zwei ins Klosett zu tragen, in kleine Stücke zu schneiden und in den Trichter zu werfen, zum Beispiel. Ich versuchte es tatsächlich, aber die Äpfel in die Hand zu nehmen war zu gefährlich; schon beim drittenmal fiel ich in Versuchung. Verkaufen sollte ich sie, dachte ich dann. Aber an wen und auf welche Weise? Wie konnte ich Teresa das Vorhandensein der Früchte erklären? Und wenn sie selber einen essen würde? Und was noch schlimmer wäre: wenn ich sie einem Gemüsehändler verkaufte, würden sie unter die Leute kommen. Kinder würden sie essen. Hunderte von Menschen jeden Alters würden den gleichen lähmenden Rausch erleben. Die einen würden Geschmack daran finden; andere würden sich beschweren; eine Untersuchung würde eingeleitet, ich würde angeklagt werden, unsagbare Komplikationen, Unannehmlichkeiten würden sich ergeben. Oder sollte ich sie in Säcke füllen und sie nach und nach bei Nacht in den Fluß werfen? Vielleicht wäre das die beste Lösung, die unbemerkte Durchführung indessen reichlich schwierig.

So löste ein Plan den andern ab, und die Tage vergingen, und immer wieder knarrten beim lüsternen Hinaufsteigen die Treppenstufen unter meinem Gewicht.

Wie oft gab ich mir mein Ehrenwort, daß ich nie wieder nachgeben wollte, daß es das letzte, das allerletzte Mal sei. Drei, vier Tage verstrichen, und siehe da: ich gelangte zu der Überzeugung, daß eine solche Verpflichtung keinen Sinn habe; daß ebenso, wie ich mir etwas gelobt hätte, ich mir auch meine Schuld vergeben könne. Und was bedeutete schon Würde? Was bedeutete sie im Vergleich zu der übersüßen Freude, die meiner wartete? Stumpf und verdrossen, wie ich es war, standen auch die Leinwände unberührt auf der Staffelei; das Lachen des anderen (meines Feindes), der unsichtbar an meiner Seite schritt, hatte einen bösartigen Ausdruck. Überrascht fragten die Freunde nach dem Grunde meines Nichtstuns und hegten Zweifel, ob ich nicht vielleicht krank sei. O alte Ruhmesträume! Wie tief war ich gesunken!

Jetzt verstand ich. Die Furcht, mich zugrunde zu richten, genügte nicht mehr als Bremse. Dazu hätte es einer weit unmittelbareren und entsetzlicheren Furcht bedurft oder eines großen Schmerzes. Die Erwägung, nicht mehr malen zu können, in Elend zu geraten, mein Leben vertan zu sehen, war ein zwar quälender, aber ziemlich vager Gedanke, eine Strafe auf lange Sicht, und alles in allem wenig glaubhaft. Und wenn es mir auch nicht gelang, meiner Untätigkeit Herr zu werden, so fühlte ich mich doch nach wie vor als der große Maler, der in einem Monat oder in einem Jahr oder auch in zweien sein Meisterwerk gestalten würde. Es lag doch noch so viel ausnutzbare Frist vor mir. Es war immer noch Zeit genug, mich der Äpfel zu entledigen. Mit solcherlei Überlegungen kämpfte ich mich durch, ohne irgendeinen festen Entschluß. Es bedurfte einer viel stärkeren Furcht, um mich zu erschrecken.

Und diese Furcht trat ein (und das war das erste Anzeichen dafür, daß Gott entschlossen war, mich zu schützen). Gegen Winterbeginn war in der Stadt eine unheilvolle Epidemie ausgebrochen. Die Leute stürzten plötzlich zu Boden, krampften sich mit Symptomen des Erbrechens zusammen und fielen sofort in Agonie. Die Fälle waren nicht sehr zahlreich, aber überaus eindrucksvoll, so daß sie Schrecken unter die Bevölkerung säten. Auch ich hatte Furcht; unter solchen Umständen leidet derjenige, der allein ist, mehr, weil er nicht weiß, wo er einen Halt finden könnte. Und ich suchte nach einem Halt außerhalb dieser Erde.

Zu jener Zeit hatte ich aufgehört, mit dem unschuldigen Schwung meiner Kindheit an Gott zu glauben; ein Schleier von Glauben war mir jedoch verblieben, freilich war er dem Aberglauben nicht unähnlich. Die Nachricht von weiteren sechs Todesfällen in unserem Stadtviertel machte mich ganz bestürzt; ich kniete eines Abends nieder und sagte, zum Himmel gewandt: »Wenn du mich vor der Epidemie bewahrst, verspreche ich dir, keinen Apfel mehr zu essen. Ich gelobe es.«

Eben weil ich kein großes Vertrauen in das ewige Leben der

Seelen setzte, war mein Schwur eigentlich nur eine Probe. Gleich danach allerdings – es waren nicht einmal vierundzwanzig Stunden vergangen – fühlte ich mich ungemein ruhig. Sei es nun Glaube oder Aberglaube: ich war mir sicher, absolut sicher, daß, wenn ich keinen Apfel berührte, die Pest mich verschonen würde. Ich bildete mir sogar ein, eine himmlische Macht habe sich meine Sache zu Herzen genommen und werde mir beistehen, die Versuchung von mir zu weisen. Ich fühlte ihn mir nahe, den übernatürlichen Partner, der auf jenen Pakt eingegangen war, und zugleich schien es mir, als sei der andere (der Feind) nicht mehr da, so schwach war die Verlockung der Bodenkammer geworden.

Der Tod trieb sein Wesen in den staubigen Vierteln der Stadt, und trotz der Kälte ließ er die Sense klirren. Auf den schneebedeckten Straßen lag hier und da eine menschliche Gestalt, mit dem Mund zur Erde, von dem erbarmungslosen Werkzeug hingemäht. Aber ich ging ungerührt vorüber, in der dreisten Gewißheit, immun zu sein. Wenn ich dann Musik hörte – etwas höchst Seltenes in jenem unheilvollen Winter –, wobei mein Herz wie stets höher schlug, bildete ich mir sogar ein, meinen Nächsten an Tugend zu übertreffen. Die Abgründe hatten mich in Versuchung geführt; aber ich hatte ihnen getrotzt und sie überwunden, dachte ich. Aufrecht schritt ich einher und heftete die Blicke unbeirrt auf die mir Begegnenden. Wirklich, es war eine bequeme Tugend, die ich mir da durch einen widerwärtigen, für mich nur allzu vorteilhaften Pakt erhandelt hatte. Und dennoch war die himmlische Barmherzigkeit – an der ich heute nicht mehr zu zweifeln wage – so groß, daß sie keinen Einwand erhob. Alles gereichte mir zum Vorteil; denn wenn ich meiner Verpflichtung nachkäme, würde ich drei äußerst bedeutende Dinge erlangen: ich würde mich von der Versklavung durch die Äpfel befreien und damit die innere Ruhe meines Lebens wiedergewinnen; ich würde von der Pest verschont bleiben und mir schließlich einen unwiderlegbaren Beweis für die Existenz Gottes verschaffen (was den Theologen und Philosophen niemals gelungen war). Und was mußte ich dafür geben? Den Verzicht auf die Früchte des Teufels, und das war vergleichsweise ein recht geringes Opfer.

Letztlich tröstete mich der Gedanke, daß mit der Zeit die Äpfel droben in der Bodenkammer faulen würden, daß ich dadurch völlig frei werden würde. Schon gegen Ende des Herbstes war es mir vorgekommen, als seien sie bereits überreif geworden. Das hatte mich in den Tagen meines hemmungslosen Nachgebens in nicht geringem Maß beunruhigt; aber der Gedanke an den bevorstehenden Frost, der die Zersetzung hemmen würde, kam mir überaus erwünscht. Jetzt dagegen, nun ich entschlossen war, die gefährliche Gewohnheit für alle Zeit aufzugeben, erhoffte ich gerade das Gegenteil, nämlich daß die Zersetzung schneller vonstatten gehe und die Äpfel in einen fauligen Brei verwandle. So harmlos, anzunehmen, daß, wenn einmal die Epidemie und damit die Ansteckungsgefahr vorüber sei, das Verlangen nicht wieder erwachen würde, war ich indessen nicht.

Ich erinnere mich noch immer des drückenden Nebelabends, an dem ich das Gelübde tat. Ich war vom Dachboden gekommen und hatte mich dabei bemüht, sowenig Lärm wie möglich zu machen, obwohl mein Begehen der Treppe durchaus natürlich erscheinen mußte; schließlich lag ja mein Atelier neben der verhexten Kammer. Ich fühlte mich angenehm erregt, und kaum war ich in meinem Zimmer angelangt, da hatte ich mich grübelnd aufs Bett geworfen. Nach etwa zwanzig Minuten war Teresa bleich und besorgt eingetreten: »Haben Sie es schon gehört?« fragte sie mich atemlos. »Alle Cafés und Kinos sind geschlossen worden. Die Inspektion aller Wohnungen ist verfügt worden. Morgen nachmittag kommen sie zu uns.«

»Und wer kommt?« fragte ich, ohne der Sache Bedeutung beizumessen.

»Die vom Gesundheitsamt«, antwortete Teresa. »Es hat wieder acht Tote in unserem Viertel gegeben.«

Acht Tote: Diese furchtbaren Worte ließen mich zu mir kommen. Ich richtete mich jäh auf und starrte Teresa entsetzt an. Und gleichzeitig begann in mir der Ekel über das, was ich getan hatte, zu gären. Mein Gesicht muß ganz verzerrt gewesen sein.

»Ja, was ist Ihnen denn?« fragte Teresa und trat instinktiv ein paar Schritte zurück. »Fühlen Sie sich nicht wohl?«, und in ihrer Stimme schwang deutlich eine Anspielung mit.

»Nein, nein«, erwiderte ich lachend, denn es lag mir daran, sie zu beschwichtigen, »ich fühle mich ausgezeichnet. Ich hatte mich ein bißchen aufs Bett geworfen und war eingeschlafen.«

Die Frau lächelte gezwungen und ging hinaus; ich aber blieb in dem fast dunklen Zimmer, von Grauen befallen. Mir kam der Gedanke, die Krankheit sei durch meine Schuld ausgebrochen und ich werde ihr Hauptopfer sein, um so mein Laster zu sühnen. ›Ihr verfluchten Äpfel‹, sagte ich zu mir selbst, ›durch eure Schuld bin ich zu einem entsetzlichen Tod verurteilt: röchelnd muß ich auf der Straße liegen, mit dem Gesicht in einer Lache von schwarzem Erbrochenen.‹ Da bin ich denn neben dem Bett niedergekniet, wie ein altes Weiblein, und habe, feierliche Worte murmelnd, das Gelübde getan.

Danach bin ich mehrere Tage lang nicht in die Dachkammer hinaufgestiegen. Als ich mich genesen fühlte, hatten die Äpfel ihre ursprüngliche Anziehungskraft verloren; jeder Gefahr ledig, waren sie wieder zu harmlosen Früchten geworden, die mich gleichgültig ließen. Nicht einmal sehen wollte ich sie. Wenn erst eine gewisse Zeit verstrichen war, so sah ich voraus, würden sie verfaulen. ›Wieso sollte derjenige, der mir geholfen hat, der Versuchung Herr zu werden‹, dachte ich, ›sich nicht der geringen Mühe unterziehen, die Äpfel verschwinden oder sie doch wenigstens verfaulen zu

lassen?‹ Ich fand es in einem gewissen Sinn nur recht und billig, daß ich diesen Dienst von ihm erwartete. Später schien mir das Verschwinden der Äpfel sogar in die Bedingungen unseres Paktes eingeschlossen zu sein.
Inzwischen verging Woche auf Woche. Ich versuchte wieder an die Arbeit zu gehen, doch ohne Erfolg. Diesmal hinderte mich nicht mehr geistige Trägheit daran, sondern die durch die Epidemie verursachte Unruhe (und zudem war es mir lästig, ins Atelier hinaufzusteigen, da ich an der Tür der Bodenkammer vorbei mußte, wo, wie mir schien, jemand auf mich lauerte). So brachte ich ungefähr zwei Monate hin, bis die angebliche Pest mit der gleichen Geschwindigkeit, mit der sie sich verbreitet hatte, auch wieder abnahm (oder auf andere Gebiete übergriff). Der Tod zog seinen Leichenmantel von der Stadt weg, die Straßen bevölkerten sich aufs neue, die Geschäfte erstrahlten wieder, und an den Straßenecken ertönten die alten Drehorgeln. Ich hatte mein übliches Leben aufgenommen und das traurige Abenteuer vergessen. Auch traf ich sozusagen keine Vorsichtsmaßregeln gegen eine erneut auftretende Gefahr. Ich fühlte mich überstark, gewappnet durch die unerbittlichen Verpflichtungen des Paktes.
Aber wie unerbittlich waren sie denn im Grunde? Nach und nach tauchte diese Frage in mir auf. Hätte ich ihnen zuwidergehandelt, hätte dann die Pest mich noch befallen können? Und da bewahrheitete sich noch einmal die alte Geschichte vom Menschen, der merkt, daß er nicht allein ist, auch wenn niemand zu sehen ist und die Türen seines Hauses verriegelt sind und kein Geräusch vernehmlich. Neben mir gewahrte ich einen anderen, bisher kaum Gekannten, und dieser wurde nicht müde, mir viele und viele Dinge zu sagen, die nicht zu hören vielleicht besser war. Seine honigsüße, listige Stimme erklang in Zwischenräumen.
Ohne Eindringlichkeit machte diese Stimme sich den gün-

stigsten Moment zunutze und flüsterte mir mit diplomatischer Geschicklichkeit und Anmaßung ihre Zweifel ein. Wenn ich ihr zu schweigen gebot, schwieg sie, aber danach überrumpelte sie mich wieder und lispelte schmeichelhafte Dinge.

Sie sagte beispielsweise: »Um der Pest zu entgehen, hast du versprochen, die Äpfel nie mehr zu berühren. Nun die Pest vorüber ist, bist du wieder frei.«

Ich entgegnete: »Nicht im mindesten frei. Das Wort ›Pest‹ schließt logischerweise alle übrigen Krankheiten mit ein. Der Beweis dafür: hätte ich in dieser Zeit eine Lungenentzündung bekommen, so würde ich mich betrogen haben. Ich hatte Angst zu sterben, ganz allgemein zu sterben, an der Pest nicht mehr und nicht weniger als an irgendeiner anderen Krankheit. Wenn es in dem Pakt um die Pest ging, dann nur, weil eben die Pest die größte Gefahr darstellte; die anderen Krankheiten auszuschließen, daran habe ich nicht gedacht.«

Der andere erwiderte: »Das sagst du jetzt. So hättest du vorher nicht gesprochen. Pakt bleibt Pakt. Nehmen wir einmal an, Gott hätte dich angehört. Glaubst du, daß er deswegen nicht mehr die Freiheit besitze, dich krank werden zu lassen? Natürlich hätte er es tun können; es hätte genügt, daß es nicht die Pest gewesen wäre, und du hättest keinen Grund zum Protestieren gehabt. Aber warum überhaupt Gott stören? Hältst du dich für so wichtig? Glaubst du etwa, daß im Himmel dein lächerlicher Ruf so ernst genommen werden könnte? Und daß er sich so großzügig bezeigen könnte? Du weißt, wie vorsichtig Gott ist, sich den Menschen zu offenbaren. Hunderte von Heiligen haben sich während ihres ganzen Lebens in der Erwartung eines Zeichens verzehrt – und dabei fast stets vergebens. Und dir sollte sich Gott so ohne weiteres enthüllen, dir, einem so jämmerlichen Wesen? Dir sollte er das seltenste und kostbarste Gut auf dieser Erde darbieten?«

»Das behaupte ich ja gar nicht«, sagte ich; »aber eins ist gewiß: die Pest habe ich nicht bekommen.«
»Und was willst du damit sagen? Und wieviel andere sind ebenfalls verschont geblieben? Wie konntest du die Pest bekommen, da du dich doch fast immer im Hause vergraben hattest, niemanden empfingst und die wenigen Male, die du ausgingst, jede nur erdenkliche Vorsicht walten ließest? Hättest du die Pest bekommen, so wäre das fürwahr höchst seltsam gewesen.«
»Schluß jetzt«, brach ich die Diskussion ab. Und ich versuchte mir in Gesellschaft meiner Freunde Ablenkungen zu verschaffen. Kaum war ich aus dem Hause, als ich tatsächlich meine Ruhe wiederfand. Vergeblich horchte ich in meine Seele hinein: die hinterlistige Stimme war verstummt.
Andere Male hingegen sagte der andere unter dem Vorwand, sich für meine Arbeit zu interessieren, voller Höflichkeit: »Warum malst du heute nicht ein bißchen? Das Licht ist wunderbar, und du bist gut ausgeruht. Warum rufst du nicht Lisetta an? Sie ist ein Modell, mit dem du es nie versucht hast. Wie eine Statue muß sie sein. Und dieses freundliche Lächeln! Glaubst du, sie würde nein sagen, wenn du sie küssen wolltest? (Und dabei lächelte er leicht.) Hast du bemerkt, wie schlank sie in den Hüften ist? Erinnerst du dich an den Abend im Café, wie sie dich da begrüßt hat?«
»Schweig«, sagte ich hart. »Du glaubst doch nicht etwa, ich wüßte nicht, worauf du hinauswillst? Was könnten dir meine Bilder bedeuten? Du willst bloß, daß ich an der Bücherkammer vorbeigehe, das willst du; du willst, daß ich hineingehe . . .«
»Siehst du?« fuhr die Stimme beharrlich fort. »Siehst du, daß du als erster davon sprichst? Ich habe nicht einmal daran gedacht. Und warum hast du übrigens solche Angst? Meinst du nicht, daß die Äpfel jetzt schon verfault sind? Oder zweifelst du etwa noch daran?«

Ich schwieg.
»Einverstanden, einverstanden«, sagte die Stimme wieder. »Wenn Gott dich angehört hätte, so wären die Äpfel nicht mehr da. Und nicht nur verfault, sondern schlechthin in Luft aufgelöst. Und Gott hat dich angehört, nicht wahr? Warum hast du also Angst, mal nachzusehen?«
Gereizt erwiderte ich: »Das ist nicht wahr. Gott hat mich vor der Pest gerettet, und das ist alles. Ich habe ihn um nichts sonst gebeten. Ich habe ihn nicht um die Vernichtung der Äpfel gebeten.«
»Was wäre das wohl für ein Gott?« fuhr der andere in einschmeichelndem Ton fort. »Er hätte dich also von der Sünde errettet und trotzdem die Äpfel aufbewahrt, um dich von neuem sündigen zu lassen?«
»Die Äpfel hat irgendein Teufel gebracht«, sagte ich mit immer schwächerer Stimme. »Nur der Teufel kann sie aufbewahrt haben.«
»Der Teufel! Aber bist du denn noch immer nicht überzeugt, daß der Himmel hierbei gar keine Rolle spielen, daß Gott sich mit dergleichen törichten Dingen gar nicht abgeben kann?« Und dann fügte er nach einer Pause hinzu: »Nur einen Beweis könntest du dagegen haben.«
»Welchen Beweis?« fragte ich und begriff sofort, daß ich mich hatte fangen lassen.
»Wenn die Äpfel verschwunden wären. Denn wären sie verschwunden, dann hättest du freilich recht.«
Schon war ich auf dem Wege zur Bodenkammer, schon hatte ich den Schlüssel genommen, meine Schritte hallten auf der Wendeltreppe wider.
Da waren sie, im Halbdunkel, lebendig und erstaunlich anzusehen. Sie warteten geduldig, und ihr Aussehen wurde von Stunde zu Stunde schöner. Sie strömten einen guten, scharfen Duft aus, sie lächelten mich an, ganz geschwollen vor Genugtuung.
Oh, ich war keineswegs überrascht, das ist gewiß. Im Inner-

sten meines Herzens hatte ich es bereits gewußt. Ich war auf diesen wunderbaren Scherz gefaßt gewesen; denn schwerlich treffen mich traurige Tatsachen unvorbereitet (ich bin dem Kampf vielleicht nicht gewachsen, ich fange an, Furcht zu bekommen, sogar meine Hände zittern, daß das Glas schwankt). Aber ich hatte es von vornherein gewußt, und ich riß durchaus nicht die Augen weit auf beim Anblick der Äpfel, die das romantische, durch die Luke hereinströmende Licht überrann.

Ich lachte sogar wohlgefällig, so groß war mein Mut. Ich lächelte aus einer Art Überheblichkeit heraus, gleich als wollte ich dem anderen sagen: »Soweit hast du mich gebracht mit deinen Betrügereien. Bist du jetzt zufrieden? Du hast ausgeklügelte Überlegungen angestellt, dagegen ist nichts zu sagen; aber glaubst du etwa, ich spräche im Ernst? Glaubst du, es sei eine Überraschung? Noch vor dir habe ich gewußt, daß die Äpfel noch da sind. Natürlich sind sie noch da. Wer hätte sie denn wegschaffen sollen? Wer hätte sich dafür interessieren können? Solcher Dreck bleibt lieber auf der Erde, als Beweisstück, und wäre es nur zur Erziehung der Menschen. Auch mir sind sie gewissermaßen dienlich gewesen. Ich habe viel von ihnen gelernt. Und vielleicht brauche ich sie auch in Zukunft. Als eine Art Drohung, deren Zweck es ist, mich in Schach zu halten. Und nun, gute Nacht!«

»Einen Augenblick, bitte!« sagte der andere und schien mich am Arm zurückzuhalten, sofern es nicht absurd ist, so etwas zu sagen, da er ja doch keine Gestalt hatte, sondern nur ein vom Grunde meines eigenen Ichs emporgetauchter Gedanke war (oder vielleicht überhaupt nicht existierte). »Einen Augenblick, geh nicht einfach so weg. Ich muß dir noch etwas sagen, eine ganz kurze und einfache Überlegung: aber du hast doch hoffentlich nicht etwa Angst?« Ich mußte dableiben. Ich konnte nicht nein sagen, ohne ihn zu beleidigen. Ich blieb, allerdings nur ungern. Ich war am Ende angelangt, das fühlte ich trotz meiner Dreistigkeit. Ich hatte herrlich Widerstand geleistet. In gewissen Stunden war mir gewesen, als sei ich geradezu immun geworden. Und doch waren meine Reserven samt und sonders erschöpft. Noch einen Schritt weiter – und ich war ausgeliefert, widerstandslos.

»Hast du Angst, daß ich dich überrumple?« fragte der andere eindringlich, aber freundlich. »Möchtest du lieber warten? Es auf ein andermal verschieben? Tu, wie du willst, es steht dir frei.«

»Entschließ dich, los, sprich!« antwortete ich und täuschte Seelenruhe vor. Ich lehnte mich mit dem Rücken an ein Bücherregal und wartete auf den Angriff. Meine Füße berührten fast die am Rand des Haufens liegenden Äpfel.

»Hör mal zu«, begann der andere, als antworte er auf bereits vorausgesehene Einwände. »Hör mal. Warum probierst du eigentlich keinen? Was könnte ein Apfel mehr oder weniger für dein Seelenheil bedeuten? Du hast den Pakt innegehalten, aber jetzt, nun die Pest vorüber ist, bist du wieder ein freier Mann. Ich sage nicht, daß du sie alle essen sollst, obschon du, im Grunde genommen, wenn du ehrlich bist, es gern tätest ... Ein Apfel dürfte nicht ausreichen, um dich zu verderben, hoffe ich.« »Und dennoch könnte er ausreichen«, erwiderte ich, war indessen vielleicht nicht allzusehr davon überzeugt. »Aber warum liegt dir soviel daran? Warum sollte ich ...«

»Weil es gut schmeckt, verteufelt gut!« lachte der andere unverhohlen. »Spürst du nicht den herrlichen Duft? Nimm, solange du noch kannst. Glaubst du etwa, daß die anderen ...?«

Und da geschah etwas. Der andere hatte plötzlich aufgehört, eine Wesenheit außerhalb meines eigenen Ichs zu sein, ein anderes Geschöpf, dem ich standhalten mußte, sondern er war voll und ganz in mir aufgegangen; der gute Teil meiner Seele war begraben, und mit einem Schlag begann ich, die gleichen Dinge zu begehren, die gleichen Überlegungen anzustellen. Die Angst, die Skrupel von einst lagen in weiter Ferne und dünkten mich absurd, wie Dinge, die ich nur vom Hörensagen kannte. Jede Hemmung war hingeschwunden. Ich fühlte mich berechtigt, vollauf berechtigt, mein Verlangen zu befriedigen. Der Pest spottete ich; sollte sie doch versuchen, mich zu holen, wenn sie dazu imstande war! Mit etwas zitternden Händen führte ich einen Apfel zum Munde, einen der schönsten und dicksten. Es blieb nicht bei einem. Und als ich erwachte, als die Erregung vorbei war, hatte der andere, der Feind, nun er vielleicht befriedigt war, mich verlassen. Ich war wieder wie früher: schwach, bedrückt, und das Verlangen hielt mich nicht mehr aufrecht. Ich war wieder der Mensch, der zum Guten neigt, fähig, der Gefahr ins Auge zu schauen, aber fast unfähig, sich zu verteidigen.

Eine Zeitlang lebte ich nach der Verletzung des Paktes in steter Furcht; bei jedem Anzeichen von Krankheit, einem Kopfschmerz, einem Strich Fieber, geriet ich in Aufregung. Jetzt konnte Gott mich strafen; er hätte völlig recht gehabt; letztlich hatte ich ihn ja darum gebeten, mir die Züchtigung zu bestimmen.

Aber als die Tage ungestraft vergingen und nicht mehr von der Pest die Rede war, schöpfte ich neuen Mut. Allmählich wich die Angst, und der andere (der Feind) begann erneut, wenn auch aus der Ferne, um mich herumzuschleichen. Ich hörte, wie er sich nachts am Hause zu schaffen machte, immer dringlicher und immer näher. Der Verfluchte murmelte angenehme Dinge und zu verlockende Versprechungen, und dadurch erwachte die Versuchung abermals. Trotzdem brachte ich es fertig, sie schroff abzuweisen; ich wandte mich nach der anderen Seite, um nichts zu hören, und darauf war ich stolz. Trügerische Äpfel! Ich erkannte nur zu gut, daß mein Zaudern mich allmählich ins Verderben stürzen würde.

Ich hielt durch, aber wie beim erstenmal fühlte ich, daß ich es allein nicht schaffen würde und mich auf etwas stützen müßte. Die Gesellschaft der Freunde, die sogenannten Vergnügungen, die hübschen Mädchen, das alles reichte nicht hin. Kaum war ich wieder zu Hause, so kehrte der innere Ansturm zurück – und damit die Notwendigkeit zu kämpfen.

Ich arbeitete so gut wie überhaupt nicht mehr. Wenn ich in meinem Atelier war, steigerte die Nähe der Äpfel die Gefahr, und oft, wenn ich fühlte, wie die Versuchung immer stärker wurde, war ich gezwungen, alles stehen- und liegenzulassen und hinabzueilen. So reifte in mir der Gedanke an einen zweiten Pakt: ich wollte mich verpflichten, die Äpfel nicht mehr anzurühren, sie nicht anzusehen, ja nicht einmal die Kammer zu betreten – vorausgesetzt, daß Gott mir die Kraft leihe, ein Meisterwerk zu schaffen.

Es mag dumm und abergläubisch anmuten, so zu sprechen. Aber das Gelübde, das ich mit einer Art innerlicher Feierlichkeit ablegte, war für mich ein Quell starken Trostes. Gott war mir in jenen Tagen (und noch heute bin ich mir dessen absolut gewiß) tatsächlich nahe. Mit freudiger Überraschung stand ich eines frühen Morgens in meinem Atelier; ich arbeitete mühelos, und der Geruch, der ab und zu aus der Kammer, wo die Äpfel lagen, vage zu mir herüberdrang, ließ mich nur lachen.

Aus jenen Tagen stammt das Bild, das mich für mehrere Monate berühmt machte, die letzte Arbeit, die ich mit meiner Signatur versah. In dem Maße, wie die Arbeit voranschritt, erwog ich den großen Vorteil des neuen Paktes im Vergleich zu dem ersten. Denn die Tatsache, daß ich nicht erkrankt war, stellte keine Ausnahme dar, zumal in meinem damaligen Alter, noch gab sie mir eine ernstliche Gewähr dafür, daß der Himmel mich erhört habe. Daß ich der Pest entgangen war, konnte etwas durchaus Normales sein. Daher stammte der Zweifel, daß ich es mir bloß eingebildet

hätte; daher der Verdacht, ich hielte einen unwirklichen Pakt ein, bei dem der andere Partner fehlte.
Jetzt dagegen nicht. Ein solches Bild zu malen – und wieviel Bitterkeit kostet es mich noch heute, das zu sagen – ist etwas ganz Außergewöhnliches, vor allem für jemanden wie mich, der ich bislang nur recht bescheidene Proben meines Könnens gegeben hatte. Und das ans Wunder Grenzende – wenn dieser Ausdruck nicht übertrieben ist – lag vor allem darin, daß ich zu jener Zeit moralisch niedergedrückt und arm an Ideen war! Der Gedanke zu dem Bild war mir ganz unvermittelt wie durch ein Wunder gekommen, genau zwei Tage nach dem Gelübde. Ich hatte das Gefühl, als habe eine Kraft, die mir nicht eigen und dem menschlichen Geschlecht fremd war, mir dieses Geschenk dargebracht. Und was noch seltsamer war: mich, der ich in jenen Tagen so mutlos war, hatte die Erwägung eines Mißerfolgs nicht einmal gestreift. Ich war sicher, unerschütterlich sicher, daß es mir gelingen werde. Was für ein Gewicht besaßen die schmeichlerischen Verlockungen der Äpfel im Vergleich zu jenen Tagen der Glückseligkeit?
Ich hatte mir in dem Pakt ein Meisterwerk ausbedungen. Nicht zwei oder drei. Damit war mir schon viel gewährt worden. Das Gemälde hatte in den Ausstellungen einen außerordentlichen Erfolg gehabt; ich erhielt Preise, Anerkennung, Lob, es war der erste Schritt zu wahrem Ruhm. Aber die geringe Genugtuung, die mir dies alles im Grunde gab, und die Furcht, ich möge nicht fähig sein, noch ein weiteres Werk von gleicher Schönheit zu schaffen, schmälerten meine Freude beträchtlich. Ich bin stets überzeugt gewesen, daß es nicht lohnt, eine Arbeit, die uns voll und ganz in Anspruch nimmt, zu vollbringen ohne das innere Bedürfnis, eine Idee zum Ausdruck zu bringen; in Zeiten der Erschöpfung ist es sozusagen besser, sich mit Studien und Übungen zu begnügen, die Kunst gleichsam als Handwerk zu betreiben. Damals jedoch drängte es mich, mich zu wiederholen, ja

mich selber zu übertreffen. Die Idee war nicht aus einem tiefen Gefühl heraus, gleichsam aus eigener Kraft entstanden, sondern ich suchte sie vielmehr beharrlich und ohne jede Spontaneität. Sehr bald machte ich mich wieder an die Arbeit, aber ohne die frühere innere Ausgeglichenheit. Ich mühte mich von morgens bis abends verbissen ab, und dennoch wuchs die Unruhe in mir. Jetzt haßte ich das frühere Bild, als habe ein Rivale es gemalt. Wehe, wenn mir einer noch davon sprach oder es gar lobte! Wehe, wenn ich in den Zeitschriften eine Wiedergabe davon fand! Hatte Gott mich schon verlassen?

Jetzt, nach Jahren, verstehe ich, daß es meine Schuld war. Ich konnte nichts verlangen. Gewiß hatte Gott noch die Absicht, mir beizustehen und dabei über das Versprochene hinauszugehen.

Aber ich hätte warten sollen. Vielleicht wäre die Inspiration von selbst zurückgekehrt, unerwartet, irgendwann. Ich wollte ihr jedoch vorgreifen, wollte zeigen, daß ich allein, ohne jede Hilfe, in der Lage sei, mindestens ein Gleiches zu schaffen.

Ich vollendete das Bild und überzeugte mich, daß es wunderbar war. Tatsächlich wurde es gelobt, und ein Museum erwarb es zu einem hohen Preis. Doch in meinem Innern sagte mir eine Stimme, daß man keinen Vergleich anstellen könne; daß das neue Bild großtuerisch und zugleich kümmerlich sei, gut nur dort, wo ich mich selbst unbewußt nachgeahmt hatte; und daß der Erfolg nur der Erinnerung an das vorhergegangene zuzuschreiben sei.

Ich konnte mir getrost die überschwenglichen Beiwörter der Zeitungskritiken, die Worte der Freunde immer wieder vorsagen – der Ton war ein anderer, das merkte ich ohne weiteres. Ich wurde ganz verbittert.

In jenen qualvollen Wochen fühlte ich mich versucht, einen neuen Pakt abzuschließen: ich wollte die Äpfel nicht mehr anrühren, wenn Gott mich im Zeitraum von drei Jahren noch fünf wunderbare Bilder malen ließe. Ich war an einem Punkte schöner Vervollkommnung angelangt, eines herrlichen Geschäftemachens mit meiner unsterblichen Seele! Ich wollte ein schon zum Pfand gegebenes Gut in Zahlung geben für einen viermal mehr verhaßten Einsatz! Aber ich hätte es getan, bestimmt hätte ich mich dazu entschlossen und bin mir sogar absolut gewiß, daß der Himmel meinen Wunsch befriedigt hätte, nur um mich zu retten.

›Wie weit geht sein Erbarmen?‹ so frage ich mich oft heute noch. Ich hätte es getan, wenn der »andere« nicht auf der Lauer gelegen und mich plötzlich an einem Nachmittag, als ich mich an einem dritten großen Bild vergebens abmühte, überfallen hätte. Er sagte mir, ich sei zu nichts mehr fähig. Gott habe mir nie geholfen, der Erfolg des ersten Bildes sei purer Zufall gewesen. Das Höchste, was ich erreicht hätte, fuhr er fort, würde ich nie wieder erreichen; der von mir verlangte Pakt sei durchsichtig wie Rauch, und hinter der Wand dort lägen, voll und ganz zu meiner Verfügung, jene erlesenen Früchte. Zwei Schritte würden genügen, und die Glückseligkeit sei mir gewiß. Vielleicht wäre dieser Genuß dazu angetan, Ideen in mir wachzurufen.

Dreimal verflucht soll er sein, jetzt durchschaute ich ihn. Wie früher, ganz wie früher. Er war schuld an allem. Ich warf den Pinsel weg, holte schnell den Schlüssel der Bodenkammer, lief auf die Straße hinaus, hinunter bis zum Kanal und warf den Schlüssel ins Wasser. In jenem Augenblick stellte ich folgende Überlegungen an: (erstens) ganz allein würde es mir schwerlich gelingen, das Schloß aufzubrechen; (zweitens) sollte ich mich entschließen, in die Kammer einzudringen, so würde ich, unerfahren, wie ich bin, das Holz zertrümmern müssen, und Teresa würde den Schaden sofort bemerken, nach einer Erklärung fragen und sogar Lärm schlagen, und das waren zwei Möglichkeiten, die allein schon ausreichten, mir einen Schrecken einzujagen; (drittens) sogar angenommen, es werde mir gelingen, die Tür gewaltsam zu öffnen, ohne Spuren zu hinterlassen, so würde ich sie nicht wieder schließen können, und Teresa würde sicherlich hineingehen, was ich, wie mir ganz klar war, unbedingt vermeiden mußte, koste es, was es wolle. An Stelle einer sozusagen überirdischen Furcht setzte ich, um mich einzuschüchtern, eine ganz konkrete Gefahr, eine vielleicht weniger Besorgnis erregende, aber überzeugendere.

War mir das tatsächlich gelungen? In den ersten Tagen bildete ich es mir ein; denn ich stellte fest, daß der andere sich nicht mehr blicken ließ. Und die wiedergewonnene innere Ruhe erlaubte es mir, ziemlich gut zu arbeiten. Doch eines Tages, als ich das Bild, das schon weit fortgeschritten war, mit aufkommenden Zweifeln musterte, stand er plötzlich neben mir. Er hatte in jenen Tagen seine Zeit mitnichten vergeudet; durch unentwegte Überlegungen hatte er einen Betrug zur Durchbrechung meiner Verteidigungslinie ausgeklügelt. Er flüsterte mir etwas Belangloses ins Ohr, einen recht billigen Ratschlag. Anfänglich kam es mir vor, als beruhe die Idee auf einer alten, ganz persönlichen Erinnerung. Aber er hatte sie ausgegraben, dessen bin ich sicher; allein hätte ich sie nie wieder ausfindig gemacht. Ich erinnerte mich nämlich daran, gesehen zu haben, wie einer, wer weiß, wo und wann, vielleicht in einem Hotel, eine Tür oder ein Möbelstück, zu dem der Schlüssel verlorengegangen war, mit einem einfachen Draht aufmachte und es dann, immer mit demselben Draht, wieder schloß.

Der Verlust des Schlüssels bot somit keine hundertprozentige Sicherheit. Ein Dietrich, den ich in zwei Minuten fabrizieren konnte, reichte aus, die Tür auf- und wieder zuzumachen. Ich wußte nicht, wie das Schloß innen beschaffen war, ich erinnerte mich nicht an die Form des Schlüssels, und ich kannte auch nicht die Technik, die man in solcherlei Fällen anwenden mußte. Jedoch ließ die geringe Bedeutung der Tür, die lediglich dazu bestimmt war, belanglose Dinge vor Fremden zu schützen, auf einen recht einfachen Mechanis-

mus schließen. Ich kam mir wie jemand vor, der meint, durch eine dicke Mauer geschützt zu sein, und plötzlich erkennt, daß es nur eine zerbrechliche Trennwand ist. Aber stimmte das? Konnte es nicht eine kleinliche Rache von ihm sein, von ihm, der, geschlagen, jetzt darauf erpicht war, mich zu quälen! Ja, natürlich, ganz gewiß. Wie hätte ich, der zu jeglicher manuellen Arbeit völlig Ungeeignete, eine Tür aufbrechen können? Es wäre mir nie gelungen.
Und dennoch fuhr er fort, es hinterhältig zu bejahen, zu behaupten, das Hineinwerfen des Schlüssels in den Fluß sei nur eine Komödie gewesen, ich fühlte mich keineswegs sicher, ein Kind hätte die Tür öffnen können. Und er redete so lange auf mich ein, bis ich, gleichsam als eine Art Herausforderung, die Probe machen wollte. In einer alten Schublade, in der Hämmer, Zangen, Nägel, elektrische Kabel und eine Unmenge Überbleibsel aus Metall lagen, fand ich ein Stück starken Draht; ich bog das eine Ende zu einem rechten Winkel und stieg zur Bodenkammer hinauf; ich nahm auch die Zange mit, um unterschiedliche Maße auszuprobieren.
Wieso hatte ich die Hinterlist nicht durchschaut? Oder hatte ich mit unbewußter Genugtuung seinen Einflüsterungen nachgegeben, nur um einen Vorwand zu haben, es zu versuchen? Oder hatte er bereits von mir Besitz ergriffen, wie jenes andere Mal, und waren sein Sinnen und sein Verlangen zu meinem eigenen gediehen, so daß ich unfähig geworden war, Gut und Böse voneinander zu scheiden? So muß es gewesen sein, denke ich heute. Ich war schon vergiftet, das war es. Er zog mich bereits, mir selbst unbewußt, zu jener gefährlichen Wonne.
Tatsächlich, beim ersten Versuch gab das Schloß ganz willig nach, ohne daß es mich die geringste Mühe gekostet hätte. Und das leichte Knacken, »Track«, das auf dem stillen Dachboden widerhallte, ließ mein Herz schneller schlagen. Doch im gleichen Augenblick kehrte eine Befürchtung zurück:

wenn ich jetzt nicht mehr imstande wäre, die Tür wieder zu schließen, wenn Teresa hineingehen und die Äpfel entdecken würde? Langsam versuchte ich, den Dietrich in der entgegengesetzten Richtung zu drehen. Ich fühlte, daß der Bart auf einen Widerstand stieß, dann wieder ein »Track«, das Schloß knackte, und der Riegel schnappte ein. Gott sei Dank! Versuchen wir es noch einmal. »Track«, machte es abermals: jetzt war ich ein Meister darin! Langsam, ganz langsam, wie von einer unsichtbaren Hand bewegt, begann die Tür sich zu öffnen.

Da lagen die Äpfel, zwei Schritt von mir entfernt, rosiger und schöner denn je zuvor, ohne einen Fleck, ohne einen Anhauch von Fäulnis. Das, was ihnen an Unheimlichem innewohnte, schreckte mich nicht mehr. Schon längst hatte ich mich an den Gedanken gewöhnt, den ich im tiefsten Grunde meiner Seele barg. Und ich tröstete mich, indem ich mir sagte, daß wahrscheinlich alle Menschen, Männer und Frauen, keiner ausgenommen, eine Schande, ob groß oder klein, in sich verbergen: nie hätten sie sie eingestanden, nicht einmal im Augenblick des Todes.

Ich war nicht schlagfertig genug, mich zu wehren. Ich blieb auf der Schwelle stehen, ganz betreten, in der Gewißheit, niemand könne mich sehen. Und so verstrickten sich die guten Gedanken ineinander. Wo waren sie hin, die Beweisgründe, mit denen ich einst den Feind in Schach gehalten hatte? Und warum sollte ich mir dann die Freude versagen? War es etwa meine Schuld, wenn ich jetzt hier oben stand? Hatte mich nicht vielmehr das Schicksal hergeführt? So sagte ich zu mir selbst, und darüber wurde mir nicht einmal klar, daß nicht mehr ich es war, der da sprach, sondern er in eigener Person, der Teufel, der mich zu seinem Sklaven gemacht hatte.

Noch einmal schaute ich zurück, sozusagen zu den fernen, makellosen Zeiten hin, da ich mit ruhigem Gewissen meinen Lebensweg einhergeschritten war. Aber nicht einmal von diesem Gedanken war ich allzusehr überzeugt. Sollte ich den mittelmäßigen Jahren nachtrauern, die den kleinlichen Gesetzen gemäß verstrichen waren? So feige war ich also? Und zu denken, daß sie nur auf mich warteten, diese wunderbaren Äpfel, nur für mich sich unversehrt erhalten, zu solchem Zweck sogar die natürliche Ordnung umgestoßen hatten. War es nicht meine Pflicht, sie dafür zu belohnen, dankbaren Herzens so eine Gabe entgegenzunehmen. Inzwischen war ich bereits hineingegangen. Ich schloß die Tür hinter mir. Langte mir den erstbesten Apfel.

Nunmehr war alles bedeutungslos: ob ich Gelübde ablegte oder Gott anflehte, mich zu bestrafen, falls ich nicht gehorchte, oder ob ich mir den Eintritt zur Kammer erschwerte oder irgend etwas anderes tat. Hin und wieder beherrschte ich mich, und dann ging eine Zeitlang alles wunderbar; ich fühlte mich von neuem stark und sicher, und endlich konnte ich meinesgleichen wieder ins Gesicht schauen. Aber dann begann er abermals sein hinterhältiges Spiel, erprobte mich hier und da, ohne auf das eigentliche Ziel anzuspielen, ganz harmlos. Wie eine Pflanze, die ungesät ohne Regen und Sonne aufwächst, so keimte in mir allmählich die List, meine Verpflichtung zu umgehen, zu beweisen, daß Gott mich nie erhört habe, den Zutritt zur Kammer zu erzwingen. Und schließlich, in einer Stunde, da meine Schwäche triumphierte, überwältigte er mich unversehens. Dann gab es tagelang keinen Halt gegen mein Verderben. Ich fraß mich voll wie ein Schwein, hatte gleichsam Freude an meiner Selbstaufgabe, bis ich mit einem Schlag wieder erwachte (das geschah gewöhnlich am frühen Morgen) und erneut den Kampf aufnahm.

Statt meiner Sünde wegen in Sorge zu sein, war ich in jenen Zeiten einzig und allein darauf bedacht, daß sie nicht entdeckt werde. Im Hause wohnte außer mir bloß Teresa, die nur um mein Atelier aufzuräumen auf den Dachboden hinaufstieg. Aber manchmal kamen Laufburschen, Dachdecker,

Modelle. (O meine arme Kunst, wie jämmerlich war es von da an um sie bestellt!) Ich fürchtete nicht etwa, daß diese Leute in meine Dachkammer kommen würden, die ich jedesmal mit dem Dietrich verschloß, sondern weit mehr, daß sie den eigenartigen Geruch wahrnehmen und, danach angelockt, mich nach dessen Herkunft fragen würden. Ich schaute ihnen fest in die Augen, erhob die Stimme, sprach so pausenlos wie nur möglich und sagte zum Beispiel: »Obacht, jetzt kommt eine Stufe ... Was für hübsche Schuhe Sie tragen, Signorina ... Sehen Sie den Kupferstich da, in der Ecke ... Heute ist es schön warm ...«, nur um ihre Aufmerksamkeit abzulenken. Aber sie schienen gar nichts zu riechen. Kein einziger blieb stehen, um zu schnuppern, wobei er mir etwa mit den Augen zugeblinzelt hätte, als wolle er sagen, er habe verstanden. Doch gerade das befürchtete ich.

Es ist eine lange Geschichte. Noch viele Male, ich erinnere mich nicht mehr, wie viele, wiederholte ich im Laufe der Jahre mein Gelübde, von einem stets neuen Gefühl der Scham bedrückt. Und jedesmal war mein Vorsatz stark und ehrlich gemeint. Dann begann der andere, mich wieder zu quälen, mir zweideutige Gedanken einzuflüstern, er kam näher an mich heran, legte mir eine Hand auf die Schulter, und dann wurden meine Gelübde wieder zunichte, ich erinnerte mich ihrer nicht mehr, ganz ehrlich; die von mir selbst erflehte Strafe schien eine Fabel, ich war ein anderer geworden, ein jämmerlicher Mensch.

Und auch heute noch ist es so, ich habe Angst. Seit über einem Monat vollführe ich die größten Anstrengungen und betrete die Bodenkammer mit den Äpfeln nicht. Aber schon spüre ich, daß er im Stadtviertel sein Wesen treibt.

Immer macht er es folgendermaßen: er beginnt von weitem, um zu vermeiden, daß ich Verdacht schöpfe. Er geht vor dem Hause auf und ab, unsichtbar; ich dagegen, der ich es noch nicht weiß, verbringe meine Tage in Seelenruhe, fühle

mich endlich geheilt, und neue Hoffnungen erstehen. Immer noch Hoffnungen, in meinem Alter, als könnte ich noch einmal von vorn anfangen!)
Er geht mit unhörbaren Schritten vor der Tür auf und ab. Ich bin in meinem Atelier, oben auf dem Dachboden, skizziere auf der großen Leinwand die Vorzeichnung des Meisterwerks, das mich reich und berühmt machen soll. Die Hand ist ziemlich ruhig, gleichsam zum Gruß fällt ein Sonnenstrahl durch die Glastür, alles ist so gut und beruhigend.
Er steht unten in der Diele, eine Hand auf dem ersten Knauf des Geländers, vielleicht unsicher, ob er heraufsteigen soll oder nicht, ob es schon der richtige Moment ist oder ob es nicht besser sei, noch zu warten. Die ersten Farbenflecke leuchten bereits in einer glücklichen Harmonie auf der Leinwand, ich beginne mich schon zu trösten, dann drehe ich mich, den Pinsel in der Hand, unversehens nach der Tür um (sie ist geschlossen). Mir scheint, als hätte ich draußen jemanden meinen Namen sagen hören.
Mit langsamen, festen Schritten kommt er die Treppe herauf, kommt immer näher. Weder der Hausmeister noch irgend jemand anderes hat ihn aufgehalten, und zwar einfach deswegen, weil niemand ihn hat sehen können. Möglicherweise war sein Schritt außerordentlich langsam, viel langsamer als die vorhergehenden Male. Vielleicht braucht er noch eine ganze Weile, bis er bei mir ist mit seinem honigsüßen Lächeln. Aber er ist schon dabei heraufzukommen. Und meine Hand, die den Pinsel hält, hängt ohne jedes Vertrauen schlaff herab, die Farben auf der Leinwand sind matt und falsch, verhaßte Kirchenglocken beginnen zu läuten, Wolken bedecken den Himmel. Das unglückselige Verlangen steigt langsam in mir auf.
Und jetzt steht er hinter mir. Er ist ins Atelier gekommen, ohne die Tür aufzubrechen, der Holzfußboden hat nicht geknarrt; seine Hände ruhen leicht auf meinen Schultern, was mir ein angenehmes Gefühl zuteil werden läßt. Allmählich

durchrinnt mich ein Fieberschauer. Ich habe jetzt keine Angst mehr vor ihm, ich hasse ihn nicht, ja, ich fürchte vielmehr, er könne weggehen, und ohne ihn würde ich nie wagen, in die verhexte Kammer zu gehen. Aber schon jetzt weiß ich, daß mich später, wenn die Nacht hereingebrochen ist und ich gesättigt bin, Entsetzen packen wird. Zu oft habe ich den Himmel betrogen. Jedesmal erbat ich als Entschädigung für meinen Verzicht schwerwiegende Dinge: Errettung vom Tode; ein Meisterwerk zu schaffen; geliebt zu werden. Und jedesmal ist der Himmel großzügig gewesen, in der Hoffnung, mich zu retten (und ich zweifle auch nicht länger an seinem Beistand; denn zu schnell und zu genau verwirklichte sich alles, worum ich gebeten hatte). Aber jedesmal habe ich den Pakt verletzt, und bei der nächsten Gelegenheit habe ich gewagt, immer wieder dasselbe, schon allzuoft verkaufte Gut anzubieten. Würde mich heute ein schweres Unglück treffen, so dürfte ich mich nicht beklagen. Es war in meinem Pakt vorgesehen, für den Fall, daß ich ihn verletzen würde, wie ich es getan habe.
Und inzwischen – so fürchte ich – ist der beste Teil meines Lebens vorüber. Jetzt bin ich ein mittelmäßiger Maler, im reifen Alter, häufig genannt unter den Malern einer zurückgebliebenen Generation, die im Aussterben ist. Meine Träume haben sich nicht erfüllt. Wahrscheinlich hätte ich es zu etwas bringen können, ja, ich hätte es zu etwas gebracht ohne jenes beständige Verlangen. Und hier fühle ich mich wie in ein eigens für mich angelegtes Labyrinth eingeschlossen, das von einer mir fremden Hinterlist geschaffen worden ist. Grenzt es zum Beispiel nicht an ein Wunder, daß ich so lange das Geheimnis habe verbergen können, so daß die anderen keinen Verdacht schöpfen konnten? Ein schwacher Trost: zuweilen meine ich, daß ich nicht der einzige bin. Alle, mag sein, verbergen ihre verhexten Äpfel, alle erzittern im Grunde ihres Herzens, wenn wir ihnen zu lange und zu tief in die Augen schauen. Ein jeder schleppt vielleicht

sein ganzes Leben lang jenen sonderbaren Sack hinter sich her, den er um nichts auf der Welt würde öffnen lassen. Aber vielleicht ist dem auch nicht so, in Wirklichkeit bin ich es allein, bin ich der einzige auf der Welt, und die anderen sind tatsächlich reinen Herzens. Ich der einzige Aussätzige in dem köstlichen fremden Garten.

Seit einiger Zeit beängstigt mich die Ahnung, daß die Freude an den Äpfeln ihrem Ende entgegengehe. Was ich verlieren konnte, habe ich verloren. Und »er« muß befriedigt sein. Mehr als dies konnte er wohl von einer menschlichen Seele nicht verlangen. Ich will damit sagen, daß es keiner weiteren Beweise bedarf, du Kanaille! Ich bin dein getreuer Untertan gewesen, das kannst du nicht leugnen. Kein einziges Mal habe ich die Kraft aufgebracht, nein zu sagen; es genügte, daß du auf etwas bestandest. Aber was ist jetzt los? Warum lachst du so sonderbar? Warte, warte einen Augenblick.

Was? Du möchtest mich verlassen? Für immer von mir gehen? Hör zu, alter Freund, warte noch ein wenig, ich bitte dich. Noch einmal, ein einziges Mal – nach so großer Unterwürfigkeit kannst du es mir nicht verweigern!

Aber er geht tatsächlich davon; er ist im Nichts verschwunden. Siebenmal Verfluchter! Ich wußte, daß es so enden müsse. Du hast keine Angst mehr, daß ich dich hintergehe, jetzt nicht mehr. Du weißt genau, daß du mich im geeigneten Augenblick beim Namen rufen kannst, und ich werde gehorchen müssen. Jenseits der Wand beginnen die verzauberten Äpfel endlich zu faulen, ein stinkender Brei zu werden. Man braucht mich nicht länger zu ködern, es wäre vergeudete Höflichkeit. Ich habe einen bitteren Geschmack im Munde, und aus unbekannten Winkeln des Hauses dringen wieder die alten vertrauten Geräusche an mein Ohr: ein Klavier, das Klappern eines Topfes, das Gurgeln in den Wasserröhren, die Stimme des Windes. Die Luft ist wieder frei geworden, und man kann gut atmen. Es könn-

ten getrost wieder Leute auf den Dachboden kommen und unbehindert hierhin und dorthin gehen, ohne daß ich Herzklopfen bekomme. Er muß schon weit weg sein.
Aber was nützt mir das jetzt? Mein Herz ist zu Eis geworden. Mit trostlosem Geräusch tröpfelt das Wasser aus der Dachrinne herab. Angsterfüllt schaue ich um mich her. Mein Gott, wie hätte ich widerstehen können? Ich habe mein möglichstes getan, ich schwöre es. Was geschehen ist, stand seit vielen Jahrhunderten geschrieben, es stand geschrieben, und ich konnte es nicht aufhalten.
Aber niemand anwortet. Gott scheint mein Haus für immer verlassen zu haben. Schon lange muß er mich verlassen haben, ohne daß ich es gemerkt hatte. Und nun hat er keine Zeit mehr, meine Klagen anzuhören. Was kann ich ihm übrigens noch anbieten? Die Äpfel haben jeden Wert verloren; da liegen sie verfault, jeder Versuchung bar.
Morgen oder übermorgen will ich Teresa hinaufschicken, damit sie die Kammer saubermacht. Das, was ich einst als eine Gnade erfleht hatte, ist eingetreten. Aber heute ist es keine Befreiung mehr, heute verschafft es keine Erleichterung und läßt keine Hoffnungen aufkeimen. Nein, es bedeutet vielmehr ganz im Gegenteil, daß ich keine Hoffnungen mehr hegen darf. Wenn die Äpfel verschwunden sind, so soll das heißen, daß meine Verdammnis sich erfüllt hat. Hinabgestürzt in die Tiefe des Schachtes, werde ich nie wieder aufwärts zu klimmen vermögen.
Keine Hoffnung! Jetzt klammere ich mich an mitleidige Phantasiegespinste und Unterstellungen. Zum Beispiel denke ich: wenn ich in meiner Erwartung verharre, der Gedanke an die Schuld, die der Himmel mich bisher nicht hat wollen zahlen lassen, werde mit den Jahren vielleicht leichter. Vielleicht werde ich am Ende gar nicht mehr an das glauben, was geschehen ist, und eine neue Illusion wird in mir keimen, jetzt, da »er« aus meinem Leben gewichen ist. Seine Schritte werden nicht länger die Straßen um mich

herum und die Schwelle meines Hauses entweihen. Der Schutzengel meiner Kindheit wird wieder in meiner Nähe sein, abends, wenn ich allein in meinem Atelier sitze und beim Lampenlicht lese. Die Tür der Abstellkammer, die ich zum letztenmal mit dem Nachschlüssel geöffnet habe, wird angelehnt bleiben und in windigen Nächten leise schlagen. Fremde können wieder hineinschauen, jeden Winkel untersuchen, ohne daß ich zusammenfahre. Einer wird vielleicht fragen: »Was für ein eigenartiger Geruch, woher mag er kommen?« – »Hier waren vor Jahren einmal Äpfel eingelagert«, werde ich lächelnd entgegnen, endlich meiner sicher, »und die haben diesen sonderbaren Geruch hinterlassen.« Sollte alles so zu Ende sein? Sollte es nur eine Art Traum gewesen sein? Aber dann bestürmt mich der Gedanke an meine letzte Stunde, wenn meine müde Seele die sterbliche Hülle verläßt. Und mit neuer Illusion wird sie sich der einsamen Pforte der Glückseligkeit nähern. Dann wird ein Erzengel einen mißtrauischen Blick auf den Wanderer werfen und langsam die Türflügel öffnen – und das ewige Licht wird hindurchleuchten. Ich werde den ersten Schritt getan haben, um einzutreten; eine nie gekannte Freude erfüllt mein Herz, schon fließen Tränen über meine Wangen ... Aber da wird »er« hinter mir stehen, oh, wie könnte er diese letzte Frist verstreichen lassen! Er wird hinter mir stehen, ungesehen, mit seinem hämischen Lächeln; mit der Hand wird er eine verneinende Gebärde machen; eine konventionelle Gebärde, um anzudeuten, daß ich ihm gehöre. Und schamlos wird er den Erzengel angrinsen, dessen Irrtums spottend. Und ich werde fühlen, wie ich den Fuß nicht voransetzen kann – und wie die Abgründe sich unter mir öffnen, während das Tor sich langsam wieder schließen wird, mich der ewigen Nacht preiszugeben.

Dann wird er seine Füße auf mein Antlitz setzen und mich teuflisch treten. Und keiner im Weltall wird meine Schreie vernehmen. Er aber wird lachen vor lauter Lust, über mich hin und her schreiten und mir zurufen: »Speie sie aus, deine schwarze Seele!«

Die fünf Brüder

Auf der Rückkehr von einer langen Reise durchquerte Prinz Caramasàn mit seinem Gefolge die Wüste. Während er von einer Stunde zur anderen erwartete, am Horizont die Türme seiner Stadt aufleuchten zu sehen, wurde er plötzlich eines alten Eremiten ansichtig, der nackt auf einem Felsblock saß. Er war so mager, daß sein Skelett sich unter der Haut in allen Einzelheiten abzeichnete. Rings um ihn waren, teils knieend, teils stehend, verschiedene Pilger versammelt, die meisten von ihnen mit Kapuzen über den Gesichtern, weil sie gekommen waren, sich von drückenden Geheimnissen zu befreien, und sich schämten, dabei das Antlitz zu zeigen.
Caramasàn war ein frommer Mann und unterließ es nicht, dem Alten seine Dienste anzubieten. »Heiliger Eremit«, sagte er, »vielleicht hat Gott meinen Weg hier vorbeigeführt, damit du dich stärken kannst. Bedarfst du nicht nach soviel Bußübungen des Trankes, der Speise oder sonst einer Kräftigung?«
»Ich danke dir, Prinz Caramasàn«, erwiderte der Eremit, »aber die Güte des Ewigen hat mir bisher Leiden des Hungers und des Durstes erspart. Doch ich will dir meine Dankbarkeit beweisen: Siehst du dort hinten in der Richtung auf die Stadt zu eine Staubwolke, die sich entfernt?«
Caramasàn hielt Ausschau, sah jedoch nichts.
»Deine Augen sind nicht scharf genug«, meinte der Eremit. »Aber jetzt ist keine Zeit mit Gerede zu verlieren. Der diesen Staub aufwirbelt, das ist Ubu Murru, der Hexenmeister, der Geist des Bösen, der auf deinen Palast zusprengt. Vor kurzem kam er hier vorbei, und ich fragte ihn: ›Wohin, o Verfluchter, reitest du in solcher Eile?‹ Und er: ›Ich reite zum Hause des Caramasàn, um ihm seine fünf Söhne zu rauben. Denn es steht geschrieben: Wenn es Ubu Murru

gelingt, die fünf Brüder Caramasàn alle beisammen anzutreffen, kann er sie mit sich in die Hölle entführen. Fehlt aber nur einer von den fünf Brüdern, so hat Ubu Murru keine Gewalt über sie alle. Nun weiß ich aber, daß sie heute versammelt sind, um auf die Rückkehr Caramasàns, ihres Vaters, zu warten. So kann ich sie also rauben.‹

Dies hat mir Ubu Murru geantwortet«, fuhr der Eremit fort, »denn mich kann der Böse nicht belügen. Du also, redlicher Prinz, schwinge dich in den Sattel deines besten Pferdes und beeile dich, wenn du deine Söhne lebend antreffen willst. Ubu Murru galoppiert, aber du mußt noch rascher sein als er. Reite ihm nach, überhole ihn, sei vor ihm auf der Schwelle deines Hauses.«

Voll Angst dankte Caramasàn dem Eremiten für die Warnung und schwang sich in den Sattel seines besten Renners, eines schwarzen persischen Pferdchens. Es war so schnell, daß man es »Liebessehnsucht« getauft hatte. Zur Verblüffung der Pilger ließ er die Karawane im Stich und flog davon.

Durch die Sporen angeeifert, brachte das Pferdchen die großen Entfernungen der Wüste raschestens hinter sich, doch von Ubu Murru war keine Spur zu sehen. Schon wollte Caramasàn alle Hoffnung aufgeben, als am fernsten Horizont ein winziges Staubwölkchen sichtbar wurde. »Schnell, schnell, Liebessehnsucht!« rief der Prinz beschwörend, und das Pferdchen beschleunigte seinen Lauf noch mehr, obwohl man fühlte, wie sein Herz zum Bersten klopfte. Aus dem Staubwölkchen wurde eine Wolke, und schließlich konnte Caramasàn Ubu Murru erkennen, der schwarz war und gleich den Wilden ohne Sattel ritt. Eine dichte Menge ruppiger Haare flatterte hinter seinem Kopf gleich einer Fahne.

In wilder Jagd schlugen die acht Hufe den Wüstenboden mit solcher Heftigkeit, daß ihr Getrappel weithin vernehmbar war. Der Prinz erkannte, daß sein Pferd bereits alles hergegeben hatte und nicht mehr lange durchhalten würde.

Da nahm er seine Zuflucht zu einer List, beugte sich vornüber und flüsterte dem Tier ins Ohr: »Um der Liebe Gottes willen, mach eine letzte Anstrengung und überhole diesen Reiter!« Wirklich machte das Pferd eine letzte Anstrengung und überholte Ubu Murru, so daß er den Staub zu fressen bekam. Rasch löste Prinz Caramasàn jetzt seinen langen Silbergürtel und warf ihn hinter sich. Das Pferd Ubu Murrus verfing sich darin mit den Beinen und stürzte. Der Lärm seines Falles klang wie Donner.

Auf diese Weise gelang es dem Prinzen, den bösen Geist hinter sich zu lassen, und er brauchte sein Pferd nicht länger zu überanstrengen, um als erster bei seinem Palast anzulangen. Dort fand er seine fünf Söhne, die ihn erwarteten: Andrea, Barnabò, Calisto, Dario und Enrico, die er in alphabetischer Ordnung nach dem Alter benannt hatte. Nach der ersten Begrüßung sagte er zu ihnen: »Meine Kinder, leider ist es mir nicht vergönnt, eure liebe Gesellschaft zu genießen. Eine halbe Tagesreise von hier habe ich in der Wüste einen Eremiten getroffen, der mir eine Enthüllung gemacht hat.« Und er erklärte ihnen alles.

Als Caramasàn mit seiner Erzählung zu Ende war – und die ganze Zeit hindurch hatte er vom Fenster aus nach Ubu Murru Ausschau gehalten –, trennten sich die fünf Söhne alsbald, auf daß der Geist des Bösen sie nicht beisammen überrasche. »Ich werde in die Berge gehen«, verkündete Andrea, der Erstgeborene. »Ich will mich ans Ufer des Meeres zurückziehen«, sagte Barnabò, der zweite. Und so suchten sie alle verschiedene Aufenthaltsorte, damit ganz bestimmt kein gemeinsames Zusammentreffen möglich sei. Wenige Minuten später befand sich Prinz Caramasàn, der sich auf seiner ganzen Reise nach der Gesellschaft seiner Söhne gesehnt hatte, von neuem allein. Und es war ihm nur ein geringer Trost, daß jetzt Ubu Murru, in Fetzen und voller blauer Flecke, zu Fuß einherkam und sein Pferd am Zügel führte, das noch schlimmer zugerichtet war als er.

Von jenem Tag an lebten die fünf Söhne Caramasàns, die einander stets geliebt hatten, aus Furcht vor dem Tode getrennt. Nur selten kamen sie zusammen, und dann trafen sie immer besondere Vorsichtsmaßregeln, damit ihrer nicht mehr als vier seien. Darunter litt der Vater sehr.
Doch da die Jahre mit schrecklicher Schnelligkeit dahingingen, kam auch für den Prinz Caramasàn die Zeit zu sterben. Als er sein Ende nahen fühlte, befahl er einem Boten: »Rufe meine fünf Söhne zusammen und sage ihnen, sie mögen sich beeilen, denn ihr alter Vater ist im Begriff, diese Erde zu verlassen.«
Die fünf Brüder berieten sich brieflich. Wie sollten sie vermeiden, daß Ubu Murru sie überraschte, wenn sie sich alle um das Sterbebett des Vaters versammelten? Sie faßten folgenden Beschluß: Zum gemeinsamen Heil sollte einer der fünf, der durch das Los zu bestimmen sein würde, der Stadt fernbleiben. Und das Los fiel auf Calisto, den Drittgeborenen.
Leider hatten dem Prinzen Caramasàn das Alter und die Krankheit das Gedächtnis getrübt, so daß er sich nicht mehr an die Warnungen des Eremiten erinnerte. Als er nur vier Söhne um sein Bett versammelt sah, sagte er: »Ich sehe Andrea, Barnabò, Dario und Enrico, aber ich sehe Calisto nicht. Wo ist Calisto? Kümmert ihn der Tod seines alten Vaters etwa nicht?«
Andrea, der Erstgeborene, wollte die Sache aufklären, aber die anderen gaben ihm Rippenstöße, und er schwieg. Worauf Caramasàn, in dem Glauben, die Brüder wüßten Calistos Abwesenheit nicht zu rechtfertigen, die abgezehrte Hand hob und sagte: »Calisto hat die heiligsten Pflichten eines Sohnes vernachlässigt. Darum enterbe ich ihn. Meine Reichtümer sollen bloß zwischen euch vieren geteilt werden.« Und nachdem er ihnen noch einige allgemeine Ratschläge erteilt hatte, hauchte er den letzten Seufzer aus.
Als Calisto von der Sache erfuhr, ließ er seine Brüder fra-

gen: »Warum habt ihr unserem Vater nicht den Grund meiner Abwesenheit erklärt? Das hätte mir seine ungerechten Vorwürfe erspart. Laßt mich jedenfalls wissen, wann ich kommen und meinen Anteil an der Erbschaft abholen kann.«
Die Brüder erwiderten ihm: »Von was für einer Erbschaft sprichst du? Unser Vater hat dich in Gegenwart von vier Zeugen verleugnet.« Und sie gaben ihm keinen Pfennig.
Der Schmerz und der Zorn des armen Calisto waren so groß, daß er darüber beinahe den Verstand verloren hätte. Zu einem armen Mann geworden, ging er unter die Räuber und nahm sich vor, seine vier Brüder vereint zu überraschen, auch wenn ihm das selbst das Leben kosten sollte. Wenn sie alle fünf beisammen waren, mochte Ubu Murru kommen und sie holen.
Die anderen begannen ihn zu fürchten, und sie trafen einander noch seltener als vorher. Nie waren ihrer mehr als drei beisammen, denn wären ihrer vier an der Zahl gewesen, so hätte Calisto unversehens auftauchen und die verhängnisvolle Fünfzahl voll machen können.
Doch nicht genug damit. Je mehr Zeit verstrich, desto unerträglicher wurde jedem die Gegenwart auch nur eines einzigen Bruders, da diese gewissermaßen den Beginn der Gefahr darstellte. Mußte einer irgendwohin verreisen, so schickte er Diener voraus, um nachzusehen, ob etwa einer der Brüder sich dort aufhielte; und traf dies zu, so verzichtete er selbst auf die Reise.
So entstand ein wechselseitiger Haß, und in diesem Leben der Angst blieb nur die eine Hoffnung, daß wenigstens einer von den Brüdern stürbe. Zu der Furcht vor jeder Begegnung trat bald die Furcht, ermordet zu werden; und wirklich plante einer gegen den anderen Hinterhalte, Fallen und Giftanschläge.
Schließlich aber ertrug Andrea, der Erstgeborene, diese gefährliche und demütigende Lage nicht länger. Er begab sich eines Tages in die Wüste, um sich von dem Eremiten

Rat zu erbitten. In der Wüste fand er den Felsblock, und auf dem Felsblock saß ein Büßer. Doch er war nicht der alte, den sein Vater ihm beschrieben hatte, sondern ein junger, der milde lächelte. Und rings in der Runde standen zahlreiche Pilger mit Kapuzen, die gekommen waren, um sich von schweren Geheimnissen zu befreien, und sich schämten, ihr Antlitz sehen zu lassen.

Andrea trat zu Füßen des jungen Mannes, verbeugte sich und sprach: »Heiliger Eremit, weißt du, wohin der alte Büßer gegangen ist, der einmal hier saß, wo jetzt du sitzest?« Und dann erzählte er ihm die ganze Geschichte.

»Unglücklicher Prinz«, antwortete der Junge ohne einen Augenblick des Zauderns. »Dein Vater und ihr fünf Brüder seid die Opfer eines Betrugs. Der Alte, mit dem dein Vater sprach, war kein Eremit. Es war Ubu Murru selbst, der Hexenmeister, der Geist des Bösen, der sich als Büßer verkleidet hatte. Und als dein Vater davonsprengte, um möglichst rasch sein Haus zu erreichen, da flog ihm der Verfluchte voraus, um ihm in Gestalt eines dahinjagenden Reiters zu erscheinen. Niemals hat Ubu Murru irgendwelche Gewalt über euch besessen. Mit seiner Lüge wollte er bloß Zwietracht und Haß zwischen euch säen. Und heute triumphiert er. Auf, Prinz Andrea, eile zu deinen Brüdern, umarme sie und enthülle ihnen den Betrug.«

Bei diesen Worten des Eremiten sandte Andrea seinen Dank dafür zum Himmel, daß jetzt aller Kummer zu Ende war. Im selben Augenblick nahmen vier andere Pilger, die zugehört hatten ihre Kapuzen ab und stimmten mit ebensolcher Freude einen Lobgesang auf den Ewigen an. Dann trat einer von ihnen auf Andrea zu und sagte unter Tränen: »Umarme mich! Erkennst du in mir nicht deinen Bruder Barnabò?« Und desgleichen taten die anderen drei.

Aber indem sie einander ansahen, fühlten die fünf Brüder, wie ihre Freude schwand. Denn in all diesen Jahren waren sie alt geworden, und hinter ihnen lag ein langes Leben des

Elends, der Angst und des Hasses, das wiedergutzumachen jetzt die Zeit nicht mehr reichte. Denn schon senkte sich die Sonne unter den Horizont der Wüste, und im Osten stieg der Schatten der Nacht auf.

Ein übermütiger Mensch

Die Unterwürfigkeit des Arztes Antonio Deroz begann gegen Ende des Jahres nachzulassen, als die Trockenheit mit riesiger Sonne über der Tiefebene herrschte. Antonio Deroz war neu im Krankenhaus, und Ende Februar sollte seine Probezeit ablaufen. Er war eifrig und genau, aber niemand hatte ihn ernst genommen, vielleicht gerade wegen der ihm eigenen schüchternen Art eines Mannes, der sich grundsätzlich unterlegen fühlt, immer dienstbereit ist und niemals sitzt, solange ein anderer steht. Ich sah ihn mehrere Male, wenn er durchs Städtchen ging, aber ich kann mich seines Gesichtes nicht mehr entsinnen, sosehr ich mich auch bemühe.

Seine Demut schwand dahin in wenigen Tagen, da er doch gerade zu kränkeln schien und sein Gesicht immer mehr einfiel. Er war schmächtig, von mittlerer Statur. Als Professor Dominici, der Hygienische Parasitologe, ihn rufen ließ, um gewisse Medikamente von ihm zu erhalten, sandte Deroz den Bescheid zurück, er habe keine Zeit. Es waren genau diese Worte, und sie schienen unglaubhaft, denn bisher hatte ein wohlwollendes Lächeln des Professors genügt, um Deroz vor Freude erröten zu lassen. Ein Gutachten Dominicis würde von großer Bedeutung für seine Anstellung im Krankenhaus sein; und um ihn sich zu verpflichten, hatte der junge Arzt ihm oft Mücken, Holzböcke oder Läuse gebracht. Aber gewöhnlich ohne Erfolg. Der Gelehrte empfing solches Material wie einen pflichtgemäßen Tribut, und außerdem machte er sich über Deroz mit technischen Spitzfindigkeiten lustig, indem er ihn verstehen ließ, er verliere seine Zeit. Nach einem flüchtigen Blick auf die Insekten stülpte er die Glasröhrchen um und ließ die Tiere zu Boden fallen, wo er sie mit den Füßen zertrat.

Als Dominici die Antwort vernahm, glaubte er an ein Mißverständnis und sandte den schwarzen Diener von neuem, um Deroz zu holen. Diesmal erhielt er einen Zettel überbracht, der folgende Antwort enthielt: »Lieber Herr Professor, ich habe keine der von Ihnen erbetenen Phiolen mehr. Es tut mir leid, daß ich nicht zu Ihnen kommen kann, aber ich muß verschiedenes erledigen. Auf Wiedersehen.« Der Gelehrte lächelte mit einer gewissen Anstrengung (obwohl niemand ihm zusah) und zerriß das Papier. Hatte sich diesem unseligen Deroz das Gehirn verdreht? An Professor Dominici ein nacktes und rohes »Auf Wiedersehen«. Er würde schon darauf achten, bei der nächsten Gelegenheit die richtige Entfernung zwischen ihnen wiederherzustellen. Und wenn man daran dachte, daß die Karriere des jungen Mannes in seinen Händen lag! Ein Wörtchen zum Sanitätsinspektor, scheinbar zufällig fallengelassen, würde genügen.

Oder ob Deroz sich schlecht fühlte? Ob er Fieber bekommen hatte?

Nein, er hatte kein Fieber bekommen. Am Abend, als die Sonne gerade unter den nackten, felsenlosen Horizont tauchen wollte, erschien Doktor Deroz ganz weiß gekleidet im Café Antinea, mit Seidenhemd und Krawatte; das war noch nie vorgekommen. Er setzte sich rittlings an ein Tischchen, entzündete eine Zigarette und begann die Mauer des gegenüberliegenden Hauses (dessen Gitter geschlossen waren) zu betrachten, als unterhalte er sich mit sich selbst über sehr angenehme Dinge. Sogar ein Lächeln erleuchtete das müde Gesicht.

»Deroz! Warum sind Sie denn nicht gekommen?« rief ihn plötzlich von hinten Professor Dominici an, der in Begleitung zweier Freunde eintraf.

Er wandte kaum ein wenig den Kopf, machte keinerlei Miene, sich zu erheben, und sagte einfach: »Ich konnte nicht, Herr Professor, ich konnte wirklich nicht.« Dann fuhr er fort, die Mauer des Hauses gegenüber zu betrachten, die ihn schon vorher fasziniert hatte.

»Was fällt Ihnen ein, Deroz?« erwiderte der Gelehrte scharf. »Ist das die richtige Art zu antworten? Sind Sie sich darüber im klaren?« Und die beiden Freunde sahen den jungen Mann mit Augen an, die nichts Gutes verhießen, und genossen im voraus seine Demütigung. Da erst stand Deroz auf, und er tat dies langsam, indem er sich mit einer Hand auf das rotlackierte Tischchen stützte, auf dem geschrieben stand: »Trinkt Leopardi bitter!« Dann begann er zu lachen, nicht bösartig, sondern in einem offenen jovialen Ton wie jemand, der einen Scherz versteht. Er schlug dem Gelehrten mit einer Hand und nicht ohne Kraft auf die Schulter: »Großartig!« rief er. »Wissen Sie, daß ich in manchen Augenblicken dachte, Sie meinten es ernst? Aber setzen Sie sich, setzen Sie sich, darf ich Ihnen einen Aperitif anbieten?«

»Aber, was ich sagen – ich kann – ich kann . . .«, stotterte Dominici sprachlos und setzte sich mechanisch, zugleich mit den beiden anderen. Irgend etwas mußte geschehen sein, daß Deroz ihn so zu behandeln wagte. War ihm vielleicht ein höherer Rang angekündigt worden? Sollte man ihm jetzt eine Lektion erteilen? Oder war es vorsichtiger, abzuwarten?

Er tat, als sei nichts vorgefallen: »Ich wollte Ihnen mitteilen, Deroz«, und er nahm seinen klassischen Akademikerton an, der gewöhnlich seiner Wirkung sicher war, »in fünfzehn Tagen wird es nötig sein, die Tabelle der Milzkrankheiten zu den Brunnen von Allibad zu bringen, Sie werden mir die Freundlichkeit erweisen müssen . . .«

»In fünfzehn Tagen«, unterbrach Deroz, »werde ich nicht mehr hier sein. Oder um mich noch genauer auszudrücken, ich werde sogar sehr weit fort sein.« »Sie gehen fort?« fragte der andere ernstlich überrascht. »Gehen Sie nach Italien zurück? Sie verlassen uns also?« Da lächelte der junge Arzt in bitterer und zugleich nachsichtiger Weise: »Oh, nicht nach Italien! Nur eine Reise, ein ziemlich langer Spaziergang«, und er strich sich mit der Rechten über die Stirn, als fühle er sich erschöpft.

Dominici verfinsterte sich von neuem: also handelte es sich nicht um Heimkehr, Bestrafung, Degradierung im Dienst; vielleicht war es statt dessen eine offizielle Reise, eine echte, richtige Mission.

»Im Auftrag der Regierung? Das haben Sie mir nie gesagt, Deroz«, meinte er nun mit der Miene zärtlichen Vorwurfes, indem er so tat, als habe er »als guter Freund« ein Recht darauf, es zuerst erfahren zu haben.

»Ein Auftrag, ja«, sagte Deroz ausweichend. »Man kann es auch einen Auftrag nennen. Maßnahmen einer höheren Stelle.«

Zwei große Wolken lagerten am Himmel, noch von der Sonne beleuchtet, während die Erde sich schon mit Schatten bedeckte. Sie waren von ziemlich gewöhnlichen Formen, aber von den unteren Rändern hingen schwarze Fransen herab, die sich hier und da über dem Horizont auflösten.

»Ich will es gar nicht wissen«, erwiderte Dominici unwillig. »Aber wohin? Sie könnten mir wenigstens sagen, wohin?«

»Das weiß ich noch nicht genau«, sagte Deroz und sah dem Professor mit einem fast frechen Ausdruck gerade ins Gesicht. »Aber ich glaube, so etwa da hinunter.«

Die drei starrten ihn verblüfft an. Und er stand auf, ging etwa in die Mitte der Straße, damit die Häuser ihm nicht die Sicht abschnitten, und zeigte in Richtung auf die nördlichen Länder, die Wüste, die undurchdringlichen Ebenen. So blieb er stehen, die Rechte ausgestreckt, ungewöhnlich weiß im blassen Widerschein der Lampen des Café Antinea.

»Ah, eine Expedition in die Wüste?« beharrte Dominici und verbeugte sich mit seiner ärmlichen Seele buchstäblich bis zu seinen Füßen. »Eine der üblichen Inspektionen, nicht wahr?

Und jemand von der Behörde wird mit Ihnen gehen?«
Deroz schüttelte den Kopf: »Nein, nein«, sagte er. »Ich glaube wirklich, daß ich alleine gehen muß.«
Nach diesen Worten taumelte er plötzlich, als habe ein unsichtbares Wesen, die Straße entlanglaufend, ihm einen Stoß gegeben. Es fehlte wenig, daß er zur Erde gestürzt wäre, aber dann fing er sich wieder und setzte sich von neuem an den Tisch.
Den Tag darauf versuchte Dominici bei der Regierungsstelle den Boden zu erkunden, aber von Deroz' Reise wußte niemand etwas. Der Sanitätsinspektor sagte unter anderem: »Er scheint mir etwas verwirrt, der junge Mann. Ich fürchte, daß er nicht genug Widerstand besitzt. Es gibt übrigens viele, die mit dem Klima nicht fertig werden.« Bedeutsame Worte, die Dominici erfreuten: nicht lange, dachte er, und der Frechling würde seine verdiente Lektion davontragen.
Doch statt dessen wurde Deroz' Benehmen immer hochmütiger. Er grüßte fast nie als erster, tat so, als höre er nicht, wenn man ihn ansprach, abends blieb er zu Hause, um gewisse Holzkisten vollzupacken, die für Reisen in einer Karawane geeignet sind. Und endlich, an einem sehr heißen Nachmittag, stellte er sich bei Professor Dominici ein, um Abschied zu nehmen. Weißer denn je war er gekleidet und stützte sich auf einen Stock. Die Füße schleppten sich auf dem Fußboden wie Schnecken vorwärts, so daß dieser Abschied Dominici als Pose erschien.
»Herr Professor, ich komme, um Ihnen Lebewohl zu sagen«, meinte er. »Der Befehl ist noch nicht eingetroffen, aber ich glaube, daß ich diese Nacht aufbrechen werde, kurz vor dem Morgengrauen, um fünfeinhalb Uhr etwa, denke ich.«
»Ich will gar nichts wissen«, antwortete Dominici eisig. »Behalten Sie Ihre Geheimnisse für sich. Und gute Reise . . .«
Dann zeigte er ein leichtes Grinsen, da er jetzt sicher war, daß die berühmte Reise nichts weiter sei als ein dummer Witz.

Ein kurzer Hustenstoß wurde hörbar in dem von Schriften und Instrumenten angefüllten Studierzimmer, dann die ruhige Stimme des Arztes Antonio Deroz: »Professor, warum grinsen Sie? Tun Sie das nicht, wenn ich bitten darf.«
Er wandte sich um und erreichte die Tür, indem er sich mit seinem ganzen Gewicht auf den Stock lehnte, es war ungewiß, ob er dies nun absichtlich tat oder wirklich Mühe hatte, auf den Füßen zu bleiben.
»Verdammter Heuchler!« murmelte Dominici zwischen den Zähnen, damit man es nicht hören könne.
»Haben Sie etwas gesagt, Herr Professor?« fragte Deroz und hielt auf der Schwelle inne.
»Wenn ich Sie wäre, würde ich abwarten«, antwortete der andere, um ihn zu quälen. »Es geht Ihnen nicht gut, ich versichere es Ihnen. Sie haben heute ein Leichengesicht, ausgesprochen ein Leichengesicht.«
»Tatsächlich, Herr Professor? Sie würden mit der Abreise zögern, wenn Sie an meiner Stelle wären? Oh, Sie sind klug, Herr Professor. Sie wissen so vieles.« Deroz bemerkte es ohne jeden Groll. Er verschwand hinter dem Türpfosten, und seine unsicheren Schritte hörte man bald darauf schon nicht mehr.

Dann begann die Nacht, eine verhältnismäßig kurze Zeitspanne von Finsternis, verglichen mit dem Lauf der Welten, aber beträchtlich genug in der gegenwärtigen Lage; sie war nicht tröstlich erhellt vom Licht des Mondes, sondern einzig vom Gefunkel der in Millionen über die Himmelswölbung ausgestreuten Sterne. Die Nacht glitt ruhevoll über die kleine Kolonialstadt dahin, über die nahe Wüste, über die geheimnisvollen Friedhöfe der Berge (und die ganze Zeit blieb ein Fenster erleuchtet im Hause von Doktor Deroz).
Man mußte bis fünf Uhr morgens warten, wenn man ein neues Ereignis mit ansehen wollte: in dieser Stunde hörte man tatsächlich einen Schritt sich dem Hause nähern, und

da: im gelben Licht der Laternen des Ortes sah man die lange Gestalt des Professors Dominici.
Er war nicht allein, sondern von zwei Freunden begleitet, und sie bereiteten sich gemeinsam darauf vor, auf Kosten eines Mannes zu lachen, der prahlerisch große Reisen vortäuschte und aller Wahrscheinlichkeit nach statt dessen nur betrunken in einem Sessel ausgestreckt lag, um das Elend des Lebens zu vergessen.
Jetzt näherten sie sich dem Haus, daß ihre Schritte mit erschreckend lautem Echo zwischen den entschlafenen Mauern widerhallten. Alles war reglos und ruhig. Ein herrenloser Hund schlief vor der Tür. Da waren keine Autos in Bereitschaft, keine Lastwagen, beladen mit Lebensmitteln, Kisten und Medikamenten, wie es für eine Expedition quer durch die Wüste erforderlich gewesen wäre. Kein Zweifel also, daß Deroz' Reise eine lächerliche Phantasterei war, die gerade recht kam, um ihn selber mit großer Schande zu bedekken.
Nach der Straße hin waren die Fenster geschlossen und verdunkelt; auf der gegenüberliegenden Seite hingegen war eines erleuchtet. Und man muß beachten, daß unmittelbar hinter dem Haus das Gehölz begann, so daß man, geradeaus darin vorwärts dringend, früher oder später die rauhe Einsamkeit der Wüste erreichen würde; ihr Geheimnis reicht also in einem gewissen Sinn bis an das Gebäude, wie eine Woge ans Felsenriff greift. Nachdem Professor Dominici das erleuchtete Fenster bemerkt hatte, ging er im Kreis um das Haus herum und blickte, sich auf die Fußspitzen stellend, durch das Gitter. Ohne um Erlaubnis zu fragen, erkühnte er sich, ins Innere der Behausung zu blicken, und beleidigte so die Nacht selbst, die von sehr fern mit ihren geheimnisvollen Schritten gekommen war und sich dort drinnen eingeschlossen hatte, um dem jungen Arzt Trost zu bringen.
Die Anwesenheit der Nacht war allerdings von zu feiner Be-

schaffenheit, als daß Dominici ihrer hätte gewahr werden können. Er sah nur Deroz in einem Sessel ausgestreckt (wie er es sich vorgestellt hatte) und augenscheinlich eingeschlafen. Über ihm an der Wand hing ein ausgestopfter Antilopenkopf, doch fehlten an Stelle der Augen die üblichen Halbkugeln aus Glas, so daß die Höhlen leer und qualvoll nachdenklich blieben. Der junge Arzt war in ein weißes Seidengewand gekleidet und etliche Mücken umkreisten sein Haupt in stetigem Flug, ohne daß sie gewagt hätten, ihn anzurühren: so sehr war in den letzten Stunden sein Ansehen gestiegen.
Dieses merkwürdige Benehmen der Mücken entging natürlich Professor Dominici, der schon frohlockte und sich von neuem viele Lachsalven versprach: »Ein Narr ist das!« rief er mit unterdrückter Stimme, überzeugt, daß Deroz sich einfach betrunken habe, und er bückte sich, um einen Stein aufzuheben und ins Zimmer zu werfen, als einer der Gefährten ihn besorgt am Arm ergriff.
Die hintere Tür des Hauses hatte sich geöffnet, und heraus war Doktor Deroz selber getreten, man wußte nicht wie.
Er war weiß gekleidet wie in den letzten Tagen, erschien aber, sicher infolge einer optischen Täuschung, sehr verschieden von seiner gewohnten Gestalt, was wohl auf die Finsternis zurückzuführen war. Auch seine Umrisse entzogen sich in eigentümlicher Phosphoreszenz dem sicheren Überblick, als wären sie Rauch.
Zuerst glaubte Dominici, daß der Arzt den unerwünschten Besuch bemerkt habe und zu verschwinden suche, um dem Spott zu entfliehen. Und deshalb begann er zu rufen, ohne Rücksicht auf die vollkommene Feierlichkeit der Nacht: »Deroz! Deroz! Wohin laufen Sie denn?« Er verschwendete seine Stimme völlig vergeblich, denn der Junge, anstatt sich auf den Anruf umzuwenden, verfolgte den Weg durchs Gehölz, mit seinem neuen, verächtlichen Gang und in stiller Bestimmtheit; er schleppte die Füße nicht und benützte

auch nicht seinen Stock, ein unsägliches Fluidum strahlte von ihm aus, und selbst Dominici wurde davon überwältigt, da er endlich begriff, daß ebendies der Aufbruch zur sagenhaften Reise war, daß Deroz sich nicht mehr umwenden, sondern zu Fuß unaufhörlich weiter nach Norden vorwärtsdringen werde, den fernsten Fernen entgegen, gleich einem Bettler oder einem Gott.

Jener ging weiter, allein, zwischen den Spinnweben der dornigen Akazien, bleichen Gesichtes, in Richtung auf uns unkenntliche Städte; doch ein Kreis gütiger Geister umgab ihn, ein mitleidiges Gefolge, das ihm freundliche Worte und ehrenvolle Titel zuflüsterte, wie: »Hier entlang nach rechts bitte, Exzellenz! Achtung, da ist ein Loch! Sie sind wirklich sehr beschwingt, Exzellenz!«

Was den Professor Dominici betrifft, so betrat er, kaum daß er die zweideutige Gestalt hatte entschwinden sehen, mit polizeilichem Eifer das Haus. Dort entdeckte er natürlicherweise unter dem gedankenvollen Antilopenkopf im Sessel ausgestreckt den zerbrechlichen Körper von Doktor Deroz; zu zart und doch auch zu schwer, um seinen Herrn auf die lange Reise begleiten zu können.

Der Mantel

Nach unendlichem Warten, als schon die Hoffnung zu sterben begann, kehrte Giovanni in sein Haus zurück. Es hatte noch nicht zwei Uhr geschlagen, seine Mutter räumte gerade das Geschirr ab; es war ein grauer Märztag, und Krähen flogen umher.

Unvermutet zeigte er sich plötzlich auf der Schwelle, und die Mutter rief: »O Gott!«, während sie auf ihn zulief, um ihn zu umarmen. Auch Anna und Piero, die beiden sehr viel jüngeren Geschwister, begannen Freudenschreie auszustoßen. Das war nun der Monat um Monat erwartete Augenblick, der so oft schon in den süßen Träumen der Morgendämmerung aufgeleuchtet hatte und das Glück wiederbringen mußte. Er sagte fast kein Wort, soviel Anstrengung kostete es ihn, das Weinen zurückzuhalten. Er hatte gleich den schweren Säbel auf einen Stuhl niedergelegt, auf dem Kopf trug er noch die Pelzmütze.

»Laß dich anschauen«, sagte unter Tränen die Mutter und trat ein wenig zurück, »laß sehen, wie schön du bist. Aber ganz blaß siehst du aus!«

Er war in der Tat ziemlich bleich und wie am Ende seiner Kräfte. Er nahm die Mütze ab, trat in die Mitte des Zimmers, setzte sich. Wie müd, wie müd; es schien, als mache ihm selbst das Lächeln Mühe.

»Aber nimm doch den Mantel ab, Kind«, sagte die Mutter und sah ihn an wie eine wunderbare Erscheinung, die sie fast einschüchterte; wie groß er geworden war, wie schön, wie stolz. (Wenn auch ein wenig zu bleich.) – »Nimm doch den Mantel ab, gib ihn her, merkst du nicht, wie warm es ist?«

Er tat eine brüske Bewegung der Abwehr, und hüllte sich

fester in den Mantel, aus Angst, man könnte ihn vielleicht fortreißen.

»Nein, nein, laß mich nur«, antwortete er ausweichend, »ich möchte lieber nicht, ich muß doch sowieso bald fortgehen ...«

»Du mußt fortgehen? Nach zwei Jahren kehrst du zurück und willst gleich wieder fortgehen?« sagte sie verzweifelt und sah schon, nach so großer Freude, die ewige Qual der Mütter von neuem beginnen: »Mußt du gleich gehen? Und willst du denn gar nichts essen?«

»Ich habe schon gegessen, Mutter«, antwortete der Sohn mit einem guten Lächeln und sah sich um, die Vertrautheit der geliebten halbdunklen Winkel in sich aufnehmend:

»Wir haben in einem Wirtshaus haltgemacht, einige Kilometer von hier ...«

»Ah, du bist nicht allein gekommen? Wer war denn mit dir? Einer deiner Regimentskameraden? Vielleicht der Sohn von der Mena?«

»Nein, nein, es war einer, den ich unterwegs getroffen habe; er wartet jetzt draußen.«

»Da draußen wartet er? Und warum hast du ihn nicht hereingebeten? Du hast ihn mitten auf der Straße gelassen?«

Sie ging zum Fenster, und durch den Garten hindurch, jenseits des kleinen Zaunes, sah sie auf der Straße eine Gestalt, die langsam auf und ab ging; sie war tief in den Mantel gehüllt – eine schwache Erscheinung.

Da erstand in ihrer Seele, unverständlich in den Wirbeln der unermeßlichen Freude, eine geheimnisvolle und stechende Qual.

»Lieber nicht«, antwortete er bestimmt. »Das wäre eine Belästigung, er ist nun einmal so.«

»Aber ein Glas Wein? Das können wir ihm doch bringen, nicht? Ein Glas Wein?«

»Lieber nicht, Mutter. Er ist ein wenig sonderbar, weißt du, und könnte leicht wütend werden.«

»Aber wer ist es denn? Warum hast du dich mit ihm zusammengetan? Was will er von dir?«
»Gut kenne ich ihn nicht«, sagte er langsam und schwer, »ich habe ihn während der Reise getroffen. Er ist mit mir gekommen, das ist es.«
Es schien, als wäre ihm ein anderer Gesprächsstoff lieber, es schien, als schämte er sich dessen. Und die Mutter gab, um nicht zu widersprechen, dem Gespräch unvermittelt eine andere Wendung, aber schon erlosch in ihrem liebevollen Gesicht das Licht von vorhin.
»Sag mal«, sagte sie, »kannst du dir Marietta vorstellen, wenn sie erst erfährt, daß du zurückgekommen bist?! Die Freudensprünge, die sie machen wird?! Es ist doch ihretwegen, daß du wieder fortgehen wolltest, ja?«
Er lächelte nur, immer mit dem Ausdruck eines Menschen, der so gern heiter wäre und es doch nicht sein kann, weil eine geheime Last ihn drückt.
Die Mutter konnte es nicht begreifen: Warum saß er dort, fast traurig, wie an jenem fernen Tag des Aufbruchs? Nun war er doch wiedergekehrt, ein neues Leben vor sich, eine Unendlichkeit von freien Tagen ohne Gedanken, so viele schöne gemeinsame Abende, eine endlose Reihe, die sich jenseits der fernen Berge in der versöhnlichen Unermeßlichkeit zukünftiger Jahre verlor. Keine Nächte mehr voll Angst, wenn hier und da am Horizont blendender Feuerschein aufflammte und man denken konnte, daß auch er dort mittendrin sei, unbeweglich auf dem Erdboden ausgestreckt, mit durchschossener Brust zwischen den blutigen Trümmern. Er war heimgekehrt – endlich! –, größer und schöner, welche Freude für Marietta! Bald begann der Frühling, sie würden in der Kirche getraut werden, an einem schönen Sonntagmorgen, in aller Frühe, mit Glockengeläut und Blumen. Warum stand er da, bleich und zerstreut, warum lachte er nicht mehr, warum erzählte er nicht von den Schlachten? Und der Mantel? Warum hielt er ihn immer fest um sich

gewickelt bei dieser Hitze im Hause? Vielleicht weil die Uniform darunter zerrissen und schmutzig war? Aber vor der Mutter, wie konnte er sich vor der Mutter schämen? Die Sorgen schienen zu Ende, und statt dessen gleich wieder diese neue Unruhe.

Das liebe Gesicht ein wenig zur Seite geneigt, betrachtete sie ihn ängstlich, bemüht, ihn nicht zu reizen, sofort all seine Wünsche zu erraten. Oder war er vielleicht krank? Oder ganz einfach nur von den zu großen Anstrengungen erschöpft? Warum sprach er nicht, warum sah er sie nicht einmal an?

Tatsächlich schaute der Sohn kaum auf, es schien sogar, er vermeide, ihren Blicken zu begegnen, als ob er irgend etwas fürchte. Inzwischen betrachteten ihn die beiden kleinen Geschwister stumm und mit einer neugierigen Verlegenheit.

»Giovanni«, flüsterte sie und konnte ihre innere liebevolle Bewegung nicht länger zurückhalten, »endlich bist du hier, endlich bist du hier! Warte, ich koche dir jetzt einen Kaffee.«

Sie eilte in die Küche. Und Giovanni blieb zurück mit den beiden Geschwistern, die soviel jünger waren als er. Sie hätten sich nicht einmal erkannt, wenn sie sich auf der Straße begegnet wären; welche Veränderung in dem Zeitraum von zwei Jahren! Nun sahen sie sich gegenseitig in der Stille an, ohne Worte zu finden, aber dann und wann lächelten sie alle zusammen wie nach einem alten, nicht vergessenen Pakt.

Und da kam auch die Mutter wieder, da war der dampfende Kaffee mit einem schönen Stück Torte. Er leerte die Tasse in einem Zug, kaute mühsam an der Torte.

Warum? Schmeckt sie dir nicht mehr? Das war doch früher deine Lieblingstorte – hätte ihn die Mutter gern gefragt, aber sie schwieg, um ihn nicht zu belästigen.

»Giovanni«, schlug sie ihm statt dessen vor, »willst du dein Zimmer nicht wiedersehen? Es ist ein neues Bett darin,

weißt du? Ich habe die Wände weißen lassen ... Eine neue Lampe, komm und sieh dir's an ... Aber dein Mantel ..., nimmst du den Mantel nicht ab? Merkst du nicht, wie warm es ist?«
Der Soldat antwortete nicht, aber er erhob sich vom Stuhl und ging zum Nebenzimmer. Seine Bewegungen waren von einer schweren Langsamkeit, als ob er gar nicht zwanzig Jahre alt wäre.

Die Mutter war vorausgelaufen, um die Fensterflügel aufzureißen. Aber nur ein graues Licht drang ein, jeglicher Heiterkeit bar.
»Wie schön«, sagte er mit matter Begeisterung, als er auf der Schwelle war, beim Anblick der neuen Möbel, der schlohweißen Gardinen, der hellen Wände, alles so frisch und sauber. Aber als die Mutter sich niederbeugte, um die ebenfalls blendend neue Bettdecke zurechtzuziehen, richtete er den Blick auf ihre zerbrechlichen Schultern, einen Blick voll namenloser Traurigkeit, den niemand sehen konnte. Anna und Piero standen hinter ihm mit leuchtenden kleinen Gesichtern und warteten auf einen großen Ausbruch von Freude und Überraschung.
Doch nichts davon.
»Wie schön! Ich danke dir, Mutter«, wiederholte er, und das war alles. Er bewegte die Augen unruhig hin und her wie einer, der den Wunsch hat, ein peinliches Gespräch zu beenden. Immer wieder aber sah er mit offenkundiger Sorge durch die Fenster auf die Gartenpforte aus grünem Holz, hinter der eine verhüllte Gestalt langsam auf und ab ging.
»Bist du zufrieden, Giovanni, bist du zufrieden?« fragte sie, ungeduldig, ihn endlich froh zu sehen.
»O ja, es ist wirklich sehr schön«, antwortete der Sohn – aber warum versteift er sich darauf, den Mantel nicht abzunehmen? – und fuhr fort, unter ungeheurer Anstrengung zu lächeln.

»Giovanni«, beschwor sie ihn endlich, »was ist dir? Was hast du? Du verbirgst mir etwas. Warum willst du es mir nicht sagen?«
Er biß sich auf die Lippen, es schien, als ob ein Schluchzen sich in seiner Kehle staute.
»Mutter«, antwortete er mit leidender und beschatteter Stimme, »Mutter, ich muß jetzt gehen.«
»Du mußt gehen? Aber du kommst doch gleich wieder, nicht? Du gehst zu Marietta, nicht wahr? Sag mir die Wahrheit, du gehst zu Marietta?!« Und sie versuchte zu scherzen, obgleich sie die Pein nur immer schwerer fühlte.
»Ich weiß nicht, Mutter«, antwortete er, immer mit jenem verhaltenen, bitteren Ton; inzwischen wandte er sich zur Tür, er hatte schon die Pelzmütze aufgenommen. »Ich weiß nicht, aber jetzt muß ich wirklich gehen, der dort wartet auf mich.«
»Aber später kommst du zurück, ja? Du kommst zurück? In zwei Stunden bist du wieder hier, nicht wahr? Ich werde auch Onkel Giulio und die Tante holen lassen, stell dir vor, was für ein Fest es auch für sie sein wird! Sieh zu, ein wenig vor dem Abendbrot hier zu sein!«
»Mutter«, wiederholte der Sohn, als ob er sie beschwören wollte, um Gottes willen nicht weiterzusprechen, die Qual nicht zu vergrößern, »ich muß jetzt gehen, der dort wartet auf mich, er ist schon zu geduldig gewesen.« Dann sah er sie an mit einem seelendurchdringenden Blick; im bleichen Antlitz brannten die schwarzen Augen.
Er näherte sich der Tür, die noch immer freudig erregten Geschwister drängten sich an ihn, und Piero hob einen Zipfel des Mantels auf, um zu sehen, wie der Bruder darunter bekleidet war. – »Piero, Piero, was machst du denn? Laß das sein, Piero«, rief die Mutter, voll Furcht, Giovanni könnte sich aufregen.
»Nicht, nicht!« rief auch wirklich der Soldat, als er die Bewegung des Knaben bemerkte. Aber es war schon zu spät.

Die beiden Zipfel aus blauem Stoff hatten sich einen Augenblick geöffnet.

»O Giovanni, mein Kind, was hat man dir getan?« stammelte die Mutter und schlug die Hände vors Gesicht. »Aber das ist ja Blut!«

»Ich muß gehen, Mutter«, wiederholte er zum zweitenmal mit einer verzweifelten Entschlossenheit. »Ich hab' ihn schon genug warten lassen. Ade, Anna, ade, Piero, lebe wohl, Mutter.«

Er war schon an der Tür. Und trat hinaus wie vom Wind getragen.

Er durchquerte fast laufend den Garten, öffnete die Pforte, zwei Pferde stoben im Galopp davon unter dem grauen Himmel. Aber nicht dem Ort zu, sondern über die Wiesen nach Norden, in Richtung der Berge. Sie galoppierten, sie galoppierten.

Da endlich begriff die Mutter; eine unendliche Leere, die auszufüllen auch Jahrhunderte nie und nimmer ausgereicht hätten, öffnete sich in ihrem Herzen. Sie begriff die Geschichte mit dem Mantel, die Trauer des Sohnes und vor allem, wer das geheimnisvolle Wesen war, das wartend in der Straße auf und ab schritt, jene finstere, schon zu geduldige Gestalt. Wie erbarmungsvoll, wie geduldig, Giovanni zu begleiten in sein altes Heim – bevor er ihn für immer mit sich führte –, damit er von der Mutter Abschied nehmen könne; und mehrere Minuten so zu warten vor der Pforte, zu Fuß, er, Herr der Welt, mitten im Staub, wie ein elender Bettler.

Es fängt mit »A« an

Der Holzhändler Cristoforo Schröder kam nach Sisto und stieg in demselben Dorfgasthof ab, in dem er zwei- bis dreimal im Jahre zu übernachten pflegte. Er ging sofort zu Bett, denn er fühlte sich nicht gut. Dann ließ er Doktor Lugosi holen, den er seit Jahren kannte. Der Arzt kam, und es schien, als stutzte er. Er versicherte, es handle sich um nichts Ernstes, ließ sich ein Fläschchen Urin geben, das er untersuchen wollte, und versprach, am nächsten Tag wiederzukommen.

Am Morgen darauf fühlte sich Schröder so viel besser, daß er aufstand, ohne den Besuch des Doktors abzuwarten. Er stand gerade in Hemdsärmeln und rasierte sich, als es an der Tür klopfte. Es war der Arzt. Schröder bat ihn hereinzukommen.

»Es geht mir heute früh glänzend«, sagte er, ohne sich auch nur umzudrehen, und rasierte sich weiter vor dem Spiegel. »Ich danke Ihnen für Ihren Besuch, aber Sie können ruhig wieder gehen.«

»Nur keine Hast!« meinte der Arzt, und dann hüstelte er ein wenig, ein kleines Verlegenheitshüsteln. »Ich habe heute einen Freund mitgebracht.«

Schröder drehte sich um und sah in der Tür neben dem Arzt einen Mann von etwa vierzig Jahren stehen, stämmig, rot im Gesicht und ziemlich gewöhnlich aussehend; er lächelte ein bißchen zu freundlich. Der Holzhändler, ein sehr selbstbewußter Mann, der gewöhnt war, daß alles nach seinem Willen ging, sah den Arzt ärgerlich und fragend an.

»Ein Freund von mir«, wiederholte Lugosi, »Don Valerio Melito. Wir müssen nachher zusammen zu einem Kranken, und deswegen habe ich ihn gebeten, mich hierher zu begleiten.«

»Ihr Diener«, sagte Schröder kalt. »Nehmen Sie bitte Platz!«
»Nun«, fuhr der Arzt fort, als müsse er sich noch besonders rechtfertigen, »heute ist allem Anschein nach ein Besuch wirklich nicht nötig. Der Urin ist tadellos in Ordnung. Ich möchte Ihnen nur noch gern einen kleinen Aderlaß machen.«
»Einen Aderlaß? Wieso denn einen Aderlaß?«
»Der wird Ihnen ganz gut tun«, erklärte der Arzt. »Sie fühlen sich nachher wie neugeboren. So ein Aderlaß ist für ein sanguinisches Temperament immer heilsam. Und es handelt sich ja nur um zwei Minuten.«
Während er dies alles auseinandersetzte, zog er ein Glasgefäß aus der Manteltasche, in dem sich drei Blutegel befanden. Er stellte das Glas auf einen Tisch und sagte:
»Setzen Sie sich an jede Pulsader einen. Sie brauchen sie nur einen Augenblick dagegenzuhalten, und die Tiere saugen sich sofort fest. Bitte machen Sie es doch selbst. Was soll ich Ihnen sagen? Seit zwanzig Jahren praktiziere ich, aber ich habe es noch niemals fertiggebracht, einen Blutegel in die Hand zu nehmen.«
»Geben Sie her«, sagte Schröder in seiner aufreizend überlegenen Art. Er nahm das Glas, ließ sich auf dem Bett nieder und setzte sich die beiden Blutegel an die Pulsadern, als hätte er sein Leben lang nichts anderes getan.
Der Fremde hatte seinen weiten Mantel nicht ausgezogen. Er legte seinen Hut auf den Tisch und daneben ein längliches Paket, in dem es metallisch klirrte. Mit einem unbestimmten Mißbehagen nahm Schröder wahr, daß der Mann sich fast auf die Schwelle hingesetzt hatte, als ob ihm daran läge, möglichst weit weg von dem Händler zu bleiben.
»Sie werden es gewiß nicht glauben wollen, aber Don Valerio kennt Sie bereits«, sagte der Arzt zu Schröder, während er sich, wer weiß, aus welchem Grunde, in der Nähe der Tür niederließ.
»Ich erinnere mich nicht, daß ich schon die Ehre gehabt hätte«, erwiderte Schröder. Er saß auf dem Bett. Seine Arme

hingen lässig auf die Matratze herab; die Handflächen hielt er nach oben gedreht, während die Blutegel an seinen Pulsadern sogen. »Aber sagen Sie, Lugosi«, fügte er hinzu, »regnet es eigentlich? Ich habe noch gar nicht hinausgesehen. Es wäre recht unangenehm für mich, wenn es regnete; denn ich muß heute den ganzen Tag unterwegs sein.«

»Nein, es regnet nicht«, sagte der Arzt, ohne viel Gewicht auf diese Tatsache zu legen. »Aber Don Valerio kennt Sie wirklich. Es lag ihm viel daran, Sie wiederzusehen.«

»Sehen Sie« – Melitos Stimme klang unangenehm hohl –, »sehen Sie: Ich hatte zwar nie die Ehre, Sie persönlich kennenzulernen, aber ich weiß etwas von Ihnen, von dem Sie gewiß keine Ahnung haben.« »Ich wüßte wirklich nicht . . .«, entgegnete der Holzhändler gänzlich gleichgültig.

»Vor drei Monaten?« fragte Melito. »Besinnen Sie sich; sind Sie nicht vor drei Monaten mit Ihrem Wagen auf der alten Grenzstraße entlanggekommen?«

»Ja, das ist möglich«, meinte Schröder. »Das ist sogar sehr gut möglich, aber genau kann ich mich nicht daran erinnern.«

»Nun, und können Sie sich auch nicht daran erinnern, daß Sie in einer Kurve ausgerutscht und über den Straßenrand geglitten sind?«

»Ja, das ist wahr«, gab der Händler zu, indem er die neue, so gänzlich unerwünschte Bekanntschaft prüfend ansah.

»Ein Rad rutschte über den Straßenrand, und das Pferd war nicht imstande, es wieder in die Wagenspur zu bringen.«

»Ja, so war es. Aber Sie – wo waren Sie denn damals?«

»Das werde ich Ihnen nachher sagen«, entgegnete Melito. Er prustete los und blinzelte zu dem Doktor hinüber. »Und dann stiegen Sie ab, aber auch Ihnen gelang es nicht, den Wagen hochzuziehen. War es nicht so? Habe ich recht?«

»Stimmt haargenau! Und es goß, was nur vom Himmel herabwollte.«

»Und ob es goß!« bestätigte Don Valerio tief befriedigt. »Und während Sie sich damit plagten, kam da nicht so ein komischer Kerl dazu, so ein Langer mit einem ganz schwarzen Gesicht?«

»So – das weiß ich nun nicht mehr so genau«, unterbrach ihn Schröder. »Entschuldigen Sie, Doktor, aber müssen diese Blutegel da noch lange dranbleiben? Sie sind schon dick wie Kröten. Ich habe jetzt genug davon. Und außerdem habe ich Ihnen ja schon gesagt, daß ich heute viel vorhabe.«

»Nur noch einen Augenblick«, beschwor ihn der Arzt, »ein klein wenig Geduld noch, mein lieber Schröder. Sie werden sehen, nachher sind Sie wie neugeboren. Mein Gott, es ist ja noch nicht einmal zehn; Sie haben ja den ganzen Tag noch vor sich.«

Don Valerio blieb hartnäckig: »War das damals nicht ein großer Mensch, ganz schwarz im Gesicht, mit einem komischen Zylinder auf dem Kopf? Und hatte er nicht so etwas wie eine Glocke bei sich? Können Sie sich gar nicht darauf besinnen, daß er fortwährend klingelte?«

»Doch, ja, ich erinnere mich«, brummte Schröder unhöflich.

»Aber nun sagen Sie mir mal bitte endlich, worauf sie eigentlich hinauswollen!«

»Aber was denn?« meinte Melito. »Ich will Ihnen ja nur erklären, wieso ich Sie schon kenne und daß ich ein gutes Gedächtnis habe. Leider war ich an jenem Tage ziemlich weit weg von Ihnen, jenseits des Grabens, mindestens 500 Meter entfernt. Ich stand unter einem Baum, wo ich Schutz vor dem Regen suchte, und ich konnte alles genau beobachten.«

»So, und wer war nun dieser Mann?« fragte Schröder scharf. Er wollte Melito zu verstehen geben: Wenn du etwas zu sagen hast, dann tue es bitte gleich.

»Ach, ganz genau weiß ich das auch nicht, wer es war; ich

sah ihn ja nur von weitem! Aber Sie, was glauben Sie wohl, wer es war?«

»Irgendein armer Teufel«, sagte der Holzhändler, »er schien taubstumm zu sein. Als ich ihn bat, mir zu helfen, winselte er irgend etwas daher. Ich habe kein Wort verstanden.«

»Und dann sind Sie auf ihn zugegangen, und er trat zurück, und dann haben Sie ihn am Arm gepackt und haben ihn gezwungen, mit Ihnen zusammen den Wagen zu schieben. War es nicht so? Gestehen Sie!«

»Aber was soll denn das alles?« forschte Schröder argwöhnisch. »Ich habe ihm doch nicht das geringste getan. Im Gegenteil, ich gab ihm zwei Lire.«

»Haben Sie das gehört?« flüsterte Melito dem Doktor zu; dann wandte er sich wieder nach dem Händler um und fuhr laut fort: »Sie haben ihm nichts getan – wer behauptet denn das Gegenteil? Sie müssen aber doch zugeben, daß ich alles gesehen habe!«

»Sie brauchen sich gar nicht aufzuregen, mein lieber Schröder«, fiel nun der Arzt beruhigend ein, denn er bemerkte, daß der Händler ein böses Gesicht machte. »Der ehrenwerte Don Valerio, den Sie hier vor sich sehen, ist ein Spaßvogel. Er wollte Sie nur ein bißchen aus der Fassung bringen.«

Melito drehte sich zu Lugosi um und nickte zustimmend. Bei dieser Bewegung schlug sein Mantel ein wenig auseinander, und Schröder, der ihn gerade angesehen hatte, wurde bleich.

»Entschuldigen Sie, Don Valerio«, sagte er mit einer Stimme, die weit weniger unbekümmert klang als gewöhnlich. »Sie tragen eine Pistole. Die konnten Sie wohl unten lassen, meine ich. Wenn ich mich nicht täusche, so ist das auch in dieser Gegend Brauch.«

»Herr des Himmels! Entschuldigen Sie vielmals!« schrie Melito und schlug sich an die Stirn, sichtlich bemüht, sein Bedauern zu zeigen. »Ich weiß gar nicht, wie ich das gutmachen kann. Ich hatte es wirklich ganz und gar vergessen. Für

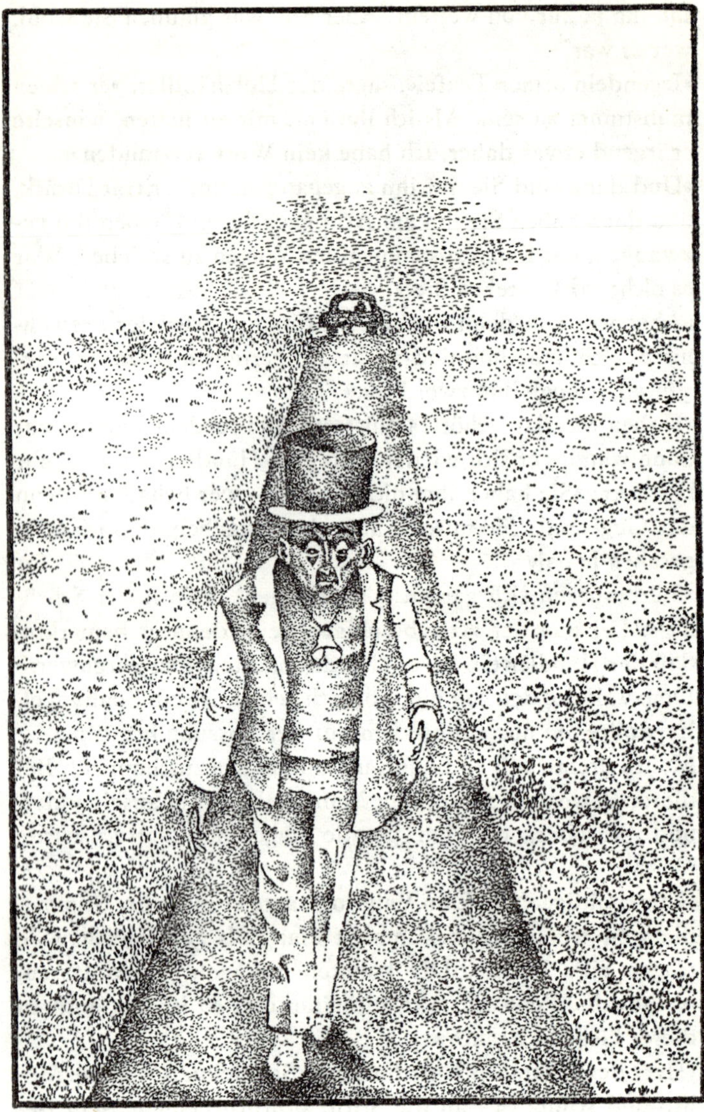

gewöhnlich trage ich nie so ein Ding, und so kam es, daß ich vergaß, sie abzulegen. Heute muß ich nämlich fortreiten – aufs Land.«

Das klang ganz aufrichtig, aber er behielt ruhig die Pistole im Gürtel, obwohl er weiter bedauernd den Kopf schüttelte.

»Sagen Sie doch«, fuhr er, zu Schröder gewandt, fort, »was haben Sie von dem armen Teufel damals eigentlich gehalten?«

»Was soll ich schon von ihm gehalten haben? Ein armer Teufel war's, einer, der Pech gehabt hat.«

»Und die Glocke, die er dauernd in Bewegung setzte? Haben Sie sich denn gar nicht gefragt, was das zu bedeuten hätte?«

»Ach –«, antwortete Schröder, und jetzt kontrollierte er jedes seiner Worte, weil er irgendeinen Hinterhalt spürte, »vielleicht war es ein Zigeuner. Ich habe soundso oft gesehen, wie sie klingelten, um Leute anzulocken.«

»Ein Zigeuner!« schrie Melito und lachte, als ob ihn diese Vorstellung königlich belustige. »Wirklich? Sie glauben, es war ein Zigeuner?«

Wutentbrannt wandte sich Schröder jetzt an den Arzt.

»Was soll das heißen?« fragte er hart. »Was soll dieses Verhör? Mein lieber Lugosi, die ganze Sache paßt mir nicht. Reden Sie deutlicher, wenn Sie etwas von mir wollen.«

»Bitte, regen Sie sich nur nicht auf«, beruhigte bestürzt der Arzt.

»Wenn Sie sagen wollen, daß diesem Landstreicher etwas zugestoßen ist und ich die Schuld habe, dann sagen Sie es rundheraus«, fuhr der Holzhändler fort und schrie immer lauter, »sagen Sie es rundheraus, meine sehr verehrten Herren. Wollen Sie sagen, daß er ermordet worden ist?«

»Ach was, ermordet!« Melito lächelte. Er war jetzt vollkommen Herr der Lage. »Was reden Sie sich denn da ein! Sollte ich Sie beunruhigt haben, so tut es mir wirklich leid. Der Doktor sagte zu mir: Don Valerio, kommen Sie mit nach oben; da ist ein Herr Schröder. Ach, den kenne ich ja, sagte ich darauf. Famos, sagte er, dann kommen Sie doch mit hinauf; er wird sich freuen. Es tut mir wahrhaftig leid, wenn ich ungelegen gekommen bin . . .«

Der Holzhändler sah ein, daß er sich hatte hinreißen lassen. »Sie müssen schon entschuldigen, wenn ich die Geduld verloren habe. Es kam mir richtig wie ein Verhör vor. Wenn etwas gegen mich vorliegt, dann sagen Sie es doch ohne Umschweife.«

»Nun«, mischte sich der Arzt sehr vorsichtig ein, »nun, es liegt wirklich etwas vor.«

»Eine Anzeige?« fragte Schröder, immer noch äußerst selbstsicher, während er sich bemühte, die Blutegel wieder anzusetzen, die während seines Wutausbruchs abgefallen waren. »Liegt irgendein Verdacht gegen mich vor?«

»Don Valerio«, meinte der Arzt, »es ist wohl besser, Sie sprechen mit ihm.«

»Schön«, begann Melito. »Wissen Sie, was das für ein Mensch war, der Ihnen geholfen hat, Ihren Wagen hochzuziehen?«

»Aber nein, ich schwöre Ihnen! Wie oft soll ich Ihnen denn das noch sagen?«

»Ich glaube Ihnen«, sagte Melito. »Ich frage Sie nur, ob Sie sich denken können, was es für einer war?«

»Keine Ahnung! Ein Zigeuner, ein Landstreicher, dachte ich.«

»Nein. Es war kein Zigeuner. Oder wenn es einmal einer gewesen ist, dann war er es damals nicht mehr. Jener Mensch war, um es klar herauszusagen, etwas, das mit A anfängt.«

»Etwas, das mit A anfängt?« wiederholte mechanisch Schröder. Er durchsuchte sein Gedächtnis, und ein Schatten von Furcht lag auf seinem Gesicht.

»Jawohl, es fängt mit A an«, bestätigte Melito, heimtückisch lächelnd.

»Ein Albanier etwa? Ist es das?« sagte Schröder, und sein

Gesicht hellte sich auf; er war sicher, daß er es erraten hatte.
Don Valerio brach in ein Gelächter aus: »Haha, ein Albanier! Das ist prächtig! Sie haben schon recht, Doktor, ein gescheiter Kerl, der Herr Schröder.«
In diesem Augenblick hörte man den Regen gegen das Fenster prasseln. »Leben Sie wohl«, sagte kurz und bündig der Holzhändler und entfernte die Blutegel, tat sie wieder in das Glas. »Jetzt regnet es glücklich! Ich muß fort, sonst komme ich zu spät.«
»Es fängt mit A an«, beharrte jedoch Melito, der ebenfalls aufgestanden war und unter seinem weiten Mantel herumhantierte.
»Ich sage Ihnen doch, ich weiß es nicht. Rätselraten ist nichts für mich. Entscheiden Sie sich jetzt, wenn Sie mir etwas zu sagen haben ... Es fängt mit A an? ... Ein Anstreicher vielleicht? ...« fügte er spottend hinzu.
Melito und der Arzt standen nun beide nebeneinander, mit dem Rücken gegen die Tür gelehnt. Keiner der beiden lachte mehr. »Weder ein Albanier noch ein Anstreicher«, sagte langsam Melito. »Ein Aussätziger war es!«
Totenbleich sah der Holzhändler die beiden Männer an.
»Nun und? Und wenn es vielleicht wirklich ein Aussätziger gewesen ist?«
»Leider war es ganz sicher einer«, sagte der Arzt und suchte ängstlich hinter Don Valerios Rücken Schutz. »Und nun sind auch Sie aussätzig.«
»Jetzt reicht es mir aber!« brüllte Schröder; er zitterte vor Wut. »'raus! Diese Witze verbitte ich mir! Alle beide 'raus jetzt!«
Da ließ Melito die Mündung seiner Pistole aus dem Mantel hervorsehen.
»Ich bin der Ortsvorsteher, mein lieber Mann, beruhigen Sie sich; es ist besser für Sie.«
»Ich werde Ihnen zeigen, wer *ich* bin«, brüllte Schröder.

»Was haben Sie mit mir vor?«

Melito sah prüfend auf den Händler, bereit, einem plötzlichen Angriff zuvorzukommen.

»In diesem Paket dort ist Ihre Glocke«, gab er zur Antwort.

»Verlassen Sie sofort dieses Haus und hören Sie nicht auf zu klingeln, bis Sie aus dem Ort heraus sind, und dann klingeln Sie immer weiter, bis sie aus dem Lande heraus sind.«

»Ich werde Ihnen die Glocke schon zeigen!« Schröder versuchte zu schreien, aber die Stimme versagte ihm im Halse. Entsetzen über die furchtbare Enthüllung ließ sein Herz zu Eis erstarren. Er, Schröder, war verurteilt. Die Sache mit den Blutegeln hatte nur dazu gedient, Zeit zu gewinnen. So sagte er dann nichts als: »Ich gehe schon, auch ohne eure Befehle, ihr Schufte. Aber ich werde euch zeigen, ich werde euch zeigen . . .«

»Ziehen Sie sich die Jacke an«, befahl Melito, dessen Mienen in teuflischer Freude aufleuchteten. »Los, die Jacke an und sofort hinaus!«

»Warten Sie wenigstens, bis ich meine Sachen zusammen habe«, sagte Schröder. Wieviel weniger hochmütig war er jetzt als vorher! »Sowie ich meine Sachen gepackt habe, gehe ich sofort. Glauben Sir mir doch!«

»Ihre Sachen müssen verbrannt werden«, wehrte ihm hohnlächelnd der Ortsvorsteher. »Nehmen Sie die Glocke, und damit basta.«

»Wenigstens meine Sachen!« rief Schröder. Dieser bisher so selbstzufriedene und unerschrockene Mensch bettelte wie ein Kind. »Meine Kleider, mein Geld! Lassen Sie mir wenigstens das!«

»Jacke und Mantel, nichts weiter! Alles andere wird verbrannt. Für Pferd und Wagen ist schon gesorgt.«

»Was? Was soll das heißen?« stotterte der Holzhändler.

»Pferd und Wagen sind schon verbrannt worden, so will es das Gesetz«, entgegnete der Ortsvorsteher. Er weidete sich förmlich an Schröders Verzweiflung. »Sie glauben doch nicht etwa, daß ein Aussätziger im Wagen durch die Gegend kutschiert, nicht wahr?«

Er lachte gemein. Dann schrie er brutal: »'raus! Los! 'raus! Glaubst du etwa, ich kann hier stundenlang mit dir verhandeln? Sofort 'raus mit dir, du Hund!«

Er richtete die Mündung seiner Pistole auf Schröder, und der große, kräftige Mann zitterte am ganzen Körper, als er nun aus dem Zimmer ging. Seine Unterlippe hing herab, sein Blick war stumpf.

»Die Glocke«, schrie Melito hinter ihm her, so daß er zusammenfuhr, und warf ihm das geheimnisvolle Paket vor die Füße. Es gab einen metallischen Klang. »Pack sie aus und binde sie dir um den Hals.«

Schröder bückte sich mühsam wie ein alter, abgelebter Mann, hob das Paket auf, entknotete langsam den Bindfaden. Er zog eine funkelnagelneue kupferne Glocke mit gedrehtem Holzgriff aus der Verpackung.

»Um den Hals damit«, schrie ihm Melito zu. »Beeile dich, zum Donnerwetter, oder ich schieße!«

Ein Zittern schüttelte Schröders Hände, und es fiel ihm schwer, Melitos Begehr nachzukommen. Doch gelang es ihm schließlich, sich die Schnur, die an der Glocke befestigt war, um den Hals zu binden. Die Glocke hing ihm bis auf den Leib herab und klingelte bei jeder Bewegung.

»Nimm sie in die Hand, zum Teufel, schüttele sie! Du wirst das doch können, nicht wahr? So ein schöner Mann wie du! Wirklich ein Prachtkerl von einem Aussätzigen!« hetzte Don Valerio, während sich der Arzt in eine Ecke des Zimmers zurückzog, angeekelt von der widerlichen Szene.

Mit den müden Schritten eines Kranken begann Schröder die Treppe hinabzusteigen. Sein Kopf schwankte von einer Seite auf die andere, wie bei Blöden, die man ab und zu auf der Straße sieht. Nach zwei Stufen drehte er sich um. Sein Blick suchte den Arzt, und er sah ihn lange fest an.

»Meine Schuld war es nicht«, stammelte Lugosi. »Es war ein Unglück, ein entsetzliches Unglück!«
»Vorwärts, vorwärts«, trieb ihn der Ortsvorsteher, wie man ein Tier antreibt. »Schüttele deine Glocke, sage ich dir; die Leute müssen wissen, wer kommt.«
Schröder stieg weiter die Treppe hinunter. Kurz darauf erschien er in der Tür des Gasthofs und ging dann langsam auf den Marktplatz zu. Zu Dutzenden standen sie Spalier, als er kam. Langsam zogen sie sich immer weiter zurück, je mehr er sich näherte. Der Marktplatz war groß; es dauerte lange, bis er hinüber war. Mit steifem Arm schwang er seine Glocke. Sie hatte einen hellen, festlichen Klang.

Der Mann, der gesund werden wollte

Rings um das große Leprosenheim, das einige Kilometer vor der Stadt auf einer Anhöhe lag, lief eine hohe Mauer, und auf dieser Mauer gingen die Wachposten auf und ab. Unter diesen Wachen gab es einige, die schroff und unzugänglich waren, doch andere hatten Mitleid mit den Patienten. Daher pflegten sich zur Dämmerstunde die Leprakranken zu Füßen der Mauer zu versammeln und die nächststehenden Soldaten auszufragen. »Kaspar«, erkundigten sie sich etwa, »was gibt's denn heute zu sehen? Ist jemand auf der Straße? Ein Wagen, sagst du? Wie sieht er denn aus, dieser Wagen? Und ist das Königsschloß beleuchtet? Brennen die Fackeln auf dem Turm? Ist etwa der Prinz zurückgekehrt?« So fragten sie stundenlang unermüdlich, und obzwar das Reglement dies untersagte, antworteten die Wachen doch bereitwillig und erfanden oft Dinge, die gar nicht zu sehen waren: Wanderer, Lichter, Brände, ja sogar Ausbrüche des Vulkans Ermac; denn sie wußten, daß jede Neuigkeit für diese Unglücklichen, die die Anstalt nie verlassen durften, eine köstliche Abwechslung darstellte. Auch die Schwerkranken, ja selbst die Sterbenden nahmen an diesen Zusammenkünften am Fuß der großen Mauer teil und ließen sich auf Bahren von den noch gehfähigen Kranken dorthin tragen.
Nur einer kam nie: ein junger Mann, der vor zwei Monaten hierhergebracht worden war. Es war ein Edelmann, ein Ritter, der früher sehr schön gewesen sein mußte. Das konnte man sogar jetzt noch erkennen, obwohl ihn der Aussatz mit besonderer Heftigkeit befallen und in kurzer Zeit sein Gesicht verwüstet hatte. Sein Name lautete Mseridon.
»Warum kommst nicht auch du?« fragten ihn die anderen, wenn sie an seiner Hütte vorübergingen. »Warum kommst nicht auch du und hörst, was es Neues gibt? Heute abend

soll ein Feuerwerk stattfinden, und Kaspar hat versprochen, daß er es uns beschreiben will. Du wirst sehen, das wird wunderschön werden!«

»Liebe Freunde«, erwiderte er sanft, und indem er auf die Schwelle seiner Hütte trat, verhüllte er sein Löwenhaupt mit einem Tuch, »ich verstehe, daß euch alle jene Dinge trösten, von denen die Posten euch berichten. Denn ihre Erzählungen sind das einzige Band, das euch noch mit der Welt draußen, mit der Stadt der Lebenden verknüpft. Habe ich recht?«

»Ganz gewiß! Freilich!«

»Das bedeutet: Ihr habt euch schon damit abgefunden, nie mehr von hier fortzukommen. Ich aber ...«

»Was?«

»Ich werde gesund werden. Ich habe mich nicht darein gefügt. Ich will, versteht mich recht, ich will wieder so werden, wie ich früher gewesen bin.«

Soeben kam der alte weise Jakob an der Hütte Mseridons vorüber, der Patriarch der ganzen Gemeinschaft. Er zählte mindestens hundertzehn Jahre, und seit fast einem Jahrhundert fraß der Aussatz an ihm. Er hatte keine Arme und keine Beine mehr. Der Kopf war nicht vom Leib zu unterscheiden, denn sein Körper hatte sich in eine Art Stange von wenigen Zentimetern Durchmesser verwandelt. Auf dem oberen Ende dieser Stange saß ein Büschel weißer Haare. Und so sah das Ganze den Fliegenwedeln sehr ähnlich, die die vornehmen Abessinier in Gebrauch haben. Wie er es fertigbrachte zu sehen, zu sprechen, Nahrung aufzunehmen, war ein Rätsel, denn sein Gesicht war völlig zerstört, und nirgends waren Öffnungen in der weißen Kruste zu erblicken, die es gleich Birkenrinde bedeckt. Doch sind dies die Geheimnisse der Aussätzigen! Was die Art seines Gehens betraf, so hüpfte er auf dem einzigen Fuß, der ihm verblieben war und der eine rundliche Form hatte – wie ein Besenstiel. Trotz allem sah er jedoch nicht etwa absto-

ßend, sondern fast graziös aus. Ein zur Pflanze verwandelter Mensch. Und da Jakob überdies sehr gütig und klug war, wurde er von allen mit Achtung behandelt.
Als der alte Jakob Mseridons Worte vernahm, hielt er inne und sagte zu ihm: »Mseridon, armer Junge, ich bin seit bald hundert Jahren hier, und von allen denen, die man hierhergeschickt hat, ist noch nie einer wieder herausgekommen. Unsere Krankheit ist unheilbar. Aber du wirst sehen, auch hier läßt es sich leben. Es gibt solche, die arbeiten, solche, die lieben, solche, die Gedichte schreiben. Es gibt Schneider. Es gibt Barbiere. Man kann auch hier glücklich sein – oder wenigstens nicht sonderlich unglücklicher, als es die Menschen draußen sind. Es kommt nur darauf an, daß man lernt, sich zu fügen. Doch wehe dem Menschen, Mseridon, dessen Seele sich auflehnt, sich nicht bescheidet und eine unmögliche Heilung ersehnt. Dem füllt sich das Herz mit Gift an.« Bei diesen Worten schüttelte der Alte seinen weißen Flederwisch.
»Aber ich«, entgegnete Mseridon, »ich muß gesund werden. Ich bin reich. Wenn du auf die Mauer klettern könntest, würdest du meinen Palast mit seinen beiden Kuppeln aus schimmerndem Silber erblicken. Dort warten meine Pferde auf mich und meine Hunde und meine Jäger. Und auch meine zarten, jugendlichen Sklavinnen harren meiner Wiederkehr. Verstehst du jetzt, du weise Bohnenstange, warum ich gesund werden muß?«
»Wenn das Müssen genügte, wäre alles sehr einfach«, erwiderte Jakob mit gutmütigem Lachen. »Dann wären wir so ziemlich alle längst gesund.«
»Aber ich habe das Mittel, um gesund zu werden, das die anderen nicht haben«, gab der Junge starrsinnig zurück.
»Das kann ich mir denken«, entgegnete Jakob. »Es gibt immer irgendwelche Schwindler, die den Neuankömmlingen um teures Geld allerlei geheime Wundermittel anbieten. Als ich noch jung war, fiel ich auch darauf herein.«

»Nein, ich meine nicht die Wundermittel. Ich baue einzig auf das Gebet.«

»Du betest zu Gott, daß er dich heile? Und deshalb bist du überzeugt, auch wirklich gesund zu werden? Aber wir alle beten ja, was meinst denn du? Kein Abend vergeht, ohne daß sich die Gedanken zu Gott erheben. Und dennoch ...«

»Ihr alle betet, das mag sein, doch nicht so wie ich! Des Abends geht ihr und hört, was die Wache euch zu erzählen hat. Ich aber bete. Ihr arbeitet, studiert, spielt Karten, ihr lebt ungefähr so wie normale Menschen. Ich jedoch bete unablässig, bis auf die Zeit, die unbedingt zum Essen, Trinken und Schlafen erforderlich ist. Ja, ich bete sogar während des Essens, während des Schlafes. So stark ist mein Wille, daß ich seit einer Weile selbst im Traum auf den Knien liege. Was ihr Beten nennt, ist nichts. Das wirkliche Gebet ist eine ungeheure Anstrengung. Wenn es Abend wird, bin ich völlig davon erschöpft. Und wie hart ist es doch, gleich am Morgen, sofort nach dem Erwachen, mit dem Beten zu beginnen! Manchmal möchte ich lieber sterben. Doch dann bezwinge ich mich und knie von neuem nieder. Du, Jakob, bist ein weiser alter Mann. Du solltest von diesen Dingen etwas verstehen.«

Da begann Jakob hin- und herzuschwanken, so, als fiele es ihm schwer, das Gleichgewicht zu bewahren, und heiße Tränen rannen über die ihn bedeckende aschfarbene Kruste herab.

»Du hast recht, du hast recht«, schluchzte der Alte, »auch ich, als ich noch so jung war wie du ..., auch ich warf mich in das Gebet und hielt es sieben Monate aus, und schon begannen sich meine Wunden zu schließen, und meine Haut wurde glatt und gesund ... Doch dann konnte ich nicht weiter, und die ganze Mühe war vergebens ... Du siehst ja, was aus mir geworden ist ...«

»Du glaubst also nicht«, fragte Mseridon, »daß ich es fertigbringe ...«

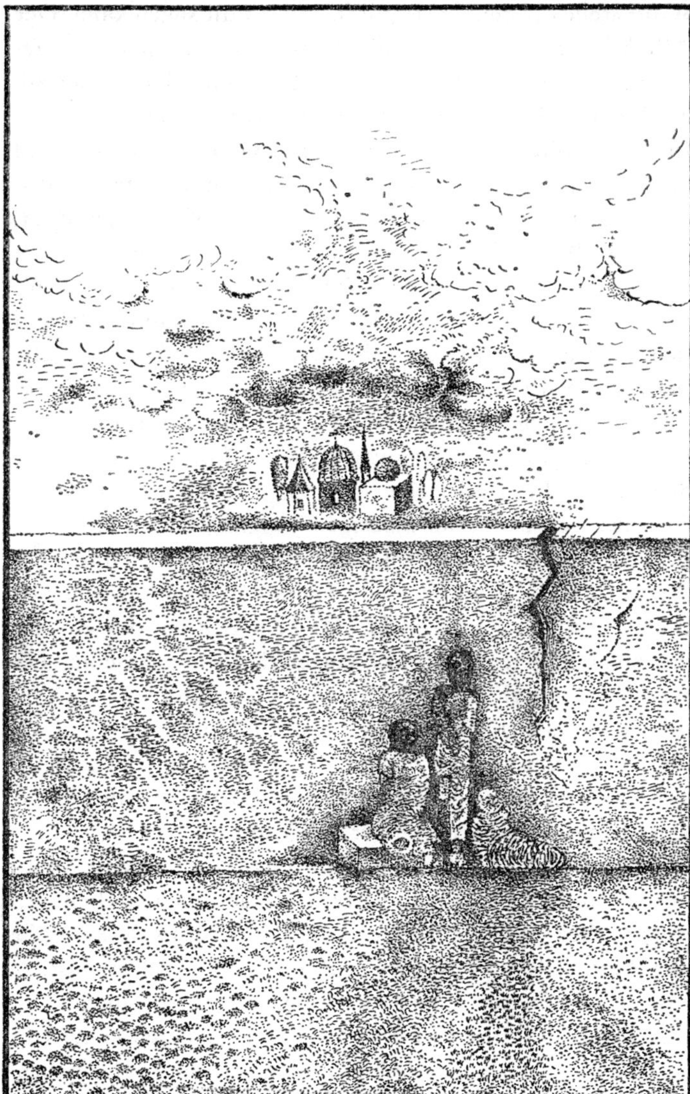

»Gott stehe dir bei, das ist alles, was ich dir sagen kann. Der Allmächtige verleihe dir die Kraft!« Mit diesen halb gemurmelten Worten hüpfte der Alte davon, der Mauer zu, an deren Fuß sich bereits die Menge versammelt hatte.
In seiner Hütte setzte Mseridon seine Gebete fort und hörte nicht auf die Zurufe der übrigen Kranken. Mit zusammengebissenen Zähnen, den Gedanken starr auf Gott gerichtet, in Schweiß gebadet vor Anstrengung, kämpfte er gegen die Krankheit an, und allmählich begannen wirklich die scheußlichen Krusten seiner Wunden am Rande abzubröckeln und ließen darunter heiles Gewebe zum Vorschein kommen. Die Nachricht verbreitete sich mit Windeseile, und dichte Gruppen von Neugierigen umdrängten jetzt Mseridons Hütte. Er war in den Ruf eines Heiligen gelangt. Würde es ihm gelingen oder sollte auch seine Anstrengung fruchtlos bleiben? Für und gegen den hartnäckigen Jüngling hatten sich zwei Parteien gebildet. Endlich, nach beinahe zwei Jahren der Klausur, trat Mseridon eines Tages aus seiner Hütte. Die Sonne beschien sein Gesicht, das kein Zeichen des Aussatzes mehr aufwies, das nicht länger der Schnauze eines Löwen glich, das vielmehr in Schönheit erstrahlte.
»Er ist geheilt! Er ist geheilt!« rief die Menge, ungewiß, ob sie vor Freude weinen oder in Neid erstarren sollte. Wirklich, Mseridon war geheilt, doch um das Leprosenheim verlassen zu können, benötigte er ein Attest.
Er begab sich also zu dem Amtsarzt, der allwöchentlich Inspektion abhielt, entkleidete sich vor ihm und ließ sich untersuchen. »Junger Mann, du hast wirklich Glück«, sagte der Arzt. »Ich muß zugeben, daß du beinahe geheilt bist.«
»Beinahe? Wieso?« fragte Mseridon, äußerst enttäuscht.
»Sieh dir doch dieses Fleckchen an«, entgegnete der Doktor und deutete mit einem Stab auf ein aschfarbiges Pünktchen, nicht größer als eine Laus, an Mseridons kleiner Zehe. »Das muß auch weg, wenn du willst, daß ich dich entlasse.«
Mseridon kehrte in seine Hütte zurück und wußte selbst

nicht, wie er es anstellen sollte, über die Enttäuschung hinwegzukommen. Er hatte sich bereits eingebildet, gesund zu sein, hatte sich entspannt, war bereit, den Preis in Empfang zu nehmen; und statt dessen sollte er jetzt von neuem den Schmerzensweg beschreiten. »Mut«, eiferte ihn der alte Jakob an. »Noch eine kleine Anstrengung, das meiste ist ja bereits getan. Es wäre verrückt, jetzt aufzugeben.«
Es handelte sich nur um eine winzige Kruste an der kleinen Zehe, aber gerade die wollte und wollte nicht verschwinden. Ein Monat und noch ein weiterer unablässigen Gebetes! Nichts. Ein dritter, ein vierter, ein fünfter Monat.
Nichts, Mseridon war nahe daran, allen Mut zu verlieren, als er eines Nachts, während er in gewohnter Weise über seinen Fuß strich, die kleine Kruste nicht mehr fühlte.
Die Leprakranken trugen ihn im Triumph zum Tor. Er war frei. Vor dem Wachgebäude gab es einen großen Abschied. Einzig der alte Jakob begleitete ihn hüpfend zum äußeren Tor. Mseridons Papiere wurden ein letztes Mal überprüft, dann knirschte der Schlüssel im Schloß, der Posten öffnete das Tor.
Frisch und aller Hoffnungen voll lag die Welt im frühen Morgenlicht da. Grün die Wälder und Wiesen, die Vögel sangen, und in der Ferne leuchteten weiß die Türme und die bewachsenen Terrassen der Stadt, flatterten die Standarten mit ihren riesigen Adlern und Drachen. Darunter aber – für den Besucher noch unsichtbar – lebten zahllose Menschen, boten sich Frauen dar, gab es Genüsse, Abenteuer, Intrigen am Hof, Macht und Waffen – das ganze, große Reich der Menschen!
Der alte Jakob blickte in das Gesicht des jungen Mannes und wartete darauf, dieses Gesicht freudig aufleuchten zu sehen. Wirklich begann Mseridon vor diesem Panorama der Freiheit zu lächeln, doch dies währte nur einen Augenblick lang. Dann erblaßte er.
»Was hast du?« fragte der Alte, in dem Glauben, dem an-

deren stocke vor Erregung der Atem. Und der Wachsoldat rief: »Rasch, junger Mann, tritt hinaus, damit ich hinter dir zuschließe. Du wirst dich doch hoffentlich nicht bitten lassen!«
Mseridon jedoch trat einen Schritt zurück und verdeckte seine Augen mit den Händen. »Schrecklich!« stöhnte er.
»Was hast du denn?« fragte Jakob nochmals. »Ist dir nicht gut?«
»Ich kann nicht!« sagte Mseridon. Das Bild, das er vor sich sah, hatte sich unversehens gewandelt. Statt der Türme und Kuppeln erblickte er ein schmutziges Gewirr staubiger, elender Hütten, die nach Schmutz zu stinken schienen und über denen an Stelle der Standarten Schwärme von Bremsen standen gleich einer Wolke eklen Staubes.
Der Alte fragte: »Was siehst du, Mseridon? Sag mir, siehst du Schmutz und Fäulnis dort, wo zuvor alles herrlich war? Siehst du elende Hütten an Stelle der Paläste? Ist das so, Mseridon?«
»Ja, ja, alles ist plötzlich schrecklich geworden. Warum nur? Was ist geschehen?«
»Ich wußte es«, sagte der Patriarch. »Ich wußte es, doch ich wagte nicht, es dir zu sagen. Das ist das Los der Menschen. Alles will teuer bezahlt sein. Hast du dich nie gefragt, wer dir die Kraft für deine Gebete gab? Deine Gebete waren so stark, daß nicht einmal der Zorn des Himmels ihnen standhielt. Du hast gesiegt – du bist geheilt. Und jetzt mußt du bezahlen.«
»Bezahlen? Wofür?«
»Für die Gnade, die dir die Kraft verlieh. Die Gnade des Allmächtigen wird uns nicht geschenkt. Du bist geheilt, aber du bist nicht mehr derselbe wie vordem. Von Tag zu Tag, während die Gnade in dir wirksam wurde, verlorst du den Geschmack am Leben, ohne es selbst zu wissen. Du wurdest gesund, doch die Dinge, um deretwillen du gesund werden wolltest, wurden allmählich wesenlos, wurden zu Gespen-

stern, zu Strandgut auf dem Meer der Jahre! Ich wußte es. Du glaubtest zu siegen, doch in Wirklichkeit war es Gott, der dich besiegte. So hast du für immer deine Lüste eingebüßt. Du bist reich, aber deine Reichtümer gelten dir nichts. Du bist jung, aber die Frauen bedeuten dir nichts mehr. Die ganze Stadt erscheint dir als eine Stätte des Unrats. Du warst ein Ritter – jetzt bist du ein Heiliger. Begreifst du, wie die Rechnung aufgeht? Endlich gehörst du zu uns, Mseridon! Das einzige Glück, das dir noch bleibt, das findest du in unserer Mitte, unter den Aussätzigen, die du trösten magst . . . Vorwärts, Posten, schließe das Tor. Wir kehren um.«

Der Posten zog den Torflügel zu.

Menschliche Größe

Es war schon dunkel, als die Gefängnistür geöffnet wurde und die Wärter ein winziges, bärtiges altes Männlein hineinschubsten. Der Bart des Alten war weiß und fast länger als er. Und in dem bedrückenden Halbdunkel der Zelle ging davon ein schwacher Lichtschein aus, was den eingekerkerten Gaunern einen gewissen Eindruck machte.
Aber in der Finsternis hatte der Alte im ersten Augenblick gar nicht bemerkt, daß in dieser Art Verlies auch noch andere Leute seien, und er fragte: »Ist jemand da?«
Zur Antwort bekam er Kichern und Knurren. Dann wurde entsprechend den dort herrschenden Bräuchen zur gegenseitigen Vorstellung übergegangen.
»Marcello Riccardòn«, sagte eine rauhe Stimme; »schwerer Diebstahl.«
Eine zweite, ebenfalls ziemlich hohl klingende Stimme ließ sich vernehmen:
»Carmelo, Bezzedà, rückfälliger Betrug.«
Und dann: »Luciano Marfi, Vergewaltigung.«
»Max Lavataro, unschuldig.«
Eine laute Lachsalve erfolgte. Der witzige Ausspruch hatte Beifall gefunden, denn alle kannten Lavataro als einen der berüchtigsten Banditen, der viel Blut vergossen hatte.
Und es ging weiter: »Enca Esposito, Totschlag«, und in der Stimme schwang etwas wie Stolz mit.
»Vincenzo Muttironi« – aus seinem Ton sprach förmlich Triumph: »Hochverrat . . . Und du, alter Floh?«
»Ich . . .«, antwortete der neu Hinzugekommene, »genau weiß ich es selber nicht. Sie haben mich angehalten, haben nach meinen Ausweispapieren gefragt, und ich habe nie Ausweispapiere gehabt.«
»Vagabundieren also, puah!« sagte einer verächtlich.

»Und wie heißt du?«
»Ich . . ., ich bin Morro, ehm, ehm . . ., und werde meist ›der Große‹ genannt.«
»Morro der Große, das ist gar nicht so übel«, kommentierte einer, der unsichtbar im Hintergrund saß. »Mit einem solchen Namen kommst du nicht gut weg. Da sperren sie dich die zehnfache Zeit ein.«
»Das ist es ja gerade«, sagte der Alte überaus sanftmütig. »Aber meine Schuld ist es nicht. Der Name ist mir aufgehängt worden, um mich dadurch zu verspotten; ich kann nichts dagegen unternehmen. Und er verschafft mir viel Verdruß. Einmal zum Beispiel . . ., aber das ist eine zu lange Geschichte . . .«
»Los, los, heraus damit«, forderte einer der Übeltäter in hartem Ton. »An Zeit fehlt es uns hier nicht.«
Alle stimmten zu. In der erdrückenden Langeweile des Gefängnisses bedeutete jede Ablenkung ein Fest.
»Gut.« Der kleine Alte erzählte: »Eines Tages, als ich durch eine Stadt schlenderte, deren Namen ich lieber nicht nennen will, sehe ich einen großen Palast, und Dienstleute kommen und gehen ständig an die Tür, beladen mit allen nur erdenklichen guten Dingen. Hier muß ein Fest gefeiert werden, denke ich und trete herzu, um ein Almosen zu erheischen. Ich habe noch nicht mal darum bitten können, als ein großartiger, zwei Meter hoher Mann mich am Hals packt. ›Hier haben wir ihn, den Dieb‹, fängt er an zu schreien, ›den Dieb, der gestern unserem Herrn die Satteldecke gestohlen hat. Und dabei hat er noch die Dreistigkeit, wiederzukommen. Jetzt behältst du keinen heilen Knochen im Leibe!‹ – ›Ich?‹ erwidere ich. ›Aber ich war doch gestern mindestens dreißig Meilen von hier weg! Wie kann das sein?‹ – ›Mit diesen meinen Augen habe ich dich gesehen, ich habe dich gesehen, wie du dich mit der Satteldecke über den Schultern davongeschlichen hast‹, und dabei zieht er mich in den Palasthof. – Ich werfe mich auf die Knie: ›Ge-

stern war ich mindestens dreißig Meilen von hier entfernt. Nie vorher bin ich in dieser Stadt gewesen, mein Wort drauf, das Wort Morros des Großen!‹ – ›Was?‹ stößt der Rasende hervor und sieht mich dabei mit aufgerissenen Augen an. – ›Das Wort Morros des Großen‹, wiederhole ich. Und der bislang so wütend gewesen war, bricht unvermittelt in lautes Lachen aus. ›Morro der Große?‹ sagt er. ›Kommt mal alle rasch her und seht euch dies kleine Nichts an, das da sagt, es sei Morro der Große‹, und zu mir gewandt, fragt er: ›Weißt du überhaupt, wer Morro der Große ist?‹ – ›Außer mir‹, antwortete ich ihm, ›kenne ich keinen anderen‹. – ›Morro der Große‹, sagt der Riesenkerl, ›ist niemand anders als unser erlauchter Herr. Und du, du Bettler, wagst es, dich dieses Namens zu bedienen? Jetzt sollst du mal sehen, was mit dir geschieht . . . Aber da kommt er ja selber.‹
Und so war es wirklich. Durch das Geschrei aufmerksam gemacht, kam der Herr des Palastes persönlich in den Hof herunter. Ein sehr reicher Kaufmann, der reichste Mann der ganzen Stadt, vielleicht sogar der Welt. Er tritt herzu, fragt, sieht mich an, lacht, ja, lacht; der Gedanke, daß ein armer Bettler wie ich denselben Namen führt wie er, belustigt ihn. Er befiehlt dem Diener, mich loszulassen, fordert mich auf, mit hineinzukommen, zeigt mir alle Säle, die übervoll mit Schätzen sind; ja, er führt mich sogar in ein gepanzertes Zimmer, wo Haufen von purem Gold und Edelsteinen lagen; er läßt mir auch zu essen geben, und dann sagt er zu mir: ›Daß du alter Bettler denselben Namen trägst wie ich, ist um so außergewöhnlicher, weil auch mir auf einer Reise nach Indien das gleiche passiert ist wie heute dir. Ich war auf den Markt gegangen, um zu verkaufen, und als die Leute den von mir ausgestellten Schmuck kaum gesehen hatten, machten sich viele an mich heran und fragten mich, wer ich sei und von wo ich käme. ›Ich heiße Morro der Große‹, antworte ich, und jene erwiderten mit Gesichtern, die nichts Gutes verhießen: ›Morro der Große! Was kann schon deine

Größe bedeuten, der du ein gewöhnlicher Kaufmann bist! Der Geist macht die Größe des Menschen aus. Morro den Großen, den gibt es nur einmal, und zwar lebt er in dieser Stadt. Er ist der Stolz unseres Landes, und du, du kleiner Wicht, wirst ihm jetzt Rechenschaft ablegen über deine prahlsüchtige Anmaßung.‹ Sie packen mich ganz ohne weiteres und binden mich, und dann bringen sie mich vor Morro, von dessen Existenz ich bis dahin nicht das mindeste gewußt hatte. Es war ein sehr berühmter Wissenschaftler, ein Philosoph, Mathematiker, Astronom und Astrologe, der fast wie ein Gott verehrt wurde. Zum Glück hatte er auf der Stelle das Mißverständnis durchschaut und begann zu lachen; er ließ mich sogleich losbinden, und dann ließ er mich sein Laboratorium besichtigen, seine Sternwarte, alle seine wunderbaren, von ihm selbst angefertigten Instrumente. Und schließlich sagte er zu mir:

›Dieser Fall, edler Kaufmann aus fremdem Land, ist um so außergewöhnlicher, weil er auch mir auf einer Reise nach den Inseln des Sonnenaufgangs begegnet ist. Ich hatte mich dort auf den Weg zum Gipfel eines Vulkans gemacht, den ich untersuchen wollte. Unterwegs begegnete ich einer Gruppe Bewaffneter, denen meine fremdländische Kleidung Verdacht einflößte; sie hielten mich an und wollten wissen, wer ich sei. Kaum hatte ich meinen Namen ausgesprochen, als sie mich auch schon in Ketten schlugen und nach der Stadt schleiften. ›Morro der Große?‹ sagten sie. ›Was kann es mit deiner Größe schon auf sich haben, du armseliger kleiner Schulmeister? Die Größe des Menschen besteht in seinen Heldentaten. Morro den Großen gibt es nur einen einzigen. Er ist der Herr dieser Insel, der tapferste Kriegsheld, der jemals sein Schwert in der Sonne hat aufblitzen lassen. Und der wird jetzt dafür sorgen, daß du geköpft wirst.‹ Und tatsächlich brachten sie mich vor ihren Monarchen, und der war ein Mann von fürchterlichem Aussehen. Zum Glück gelang es mir, alles zu klären, und der schreckliche Krieger mußte über diesen eigenartigen Zufall lachen, ließ mir die Ketten abnehmen, gab mir prächtige Kleider und lud mich in seinen Königspalast ein, wo ich die prächtigen Zeugnisse seiner Siege über alle Völker der nahen und fernen Inseln bewundern mußte. Schließlich sagte er zu mir:

›Dieser Fall, o berühmter Gelehrter, ist um so außergewöhnlicher, weil auch mir das gleiche widerfahren ist, als ich in dem fernen Land Europa kämpfte. Ich drang mit meinen bewaffneten Heerscharen in einem Wald vor, als mir ungeschliffene Bergbewohner entgegenkamen und mich fragten: ›Wer bist du, daß du soviel Waffenlärm in das Schweigen unserer Wälder trägst?‹ Und ich sagte: ›Ich bin Morro der Große‹ und dachte mir, schon allein der Name würde hinreichen, sie in Schrecken zu versetzen. Aber sie hatten nur ein mitleidiges Lächeln und sagten: ›Morro der Große? Du beliebst zu scherzen. Was kann es mit deiner Größe schon auf sich haben, ruhmsüchtiger Krieger? Die Größe des Menschen beruht in der Demut des Leibes und in den Aufschwüngen des Geistes. Morro den Großen gibt es nur einen einzigen auf der ganzen Welt, und zu dem wollen wir dich jetzt hinführen, damit du den wahren Ruhm des Menschen erblickst.‹ Und wirklich führten sie mich in ein einsames kleines Tal, und dort lebte in einer elenden Hütte ein in Lumpen gekleideter alter Mann mit schneeweißem Bart, der, wie mir gesagt wurde, seine Zeit damit hinbrachte, daß er die Natur betrachtete und Gott anbetete; und wenn ich ehrlich sein will, muß ich gestehn, daß ich nie ein menschliches Wesen gesehen hatte, das heiterer, zufriedener und wahrscheinlich glücklicher war; für mich aber war es, offen gesagt, schon zu spät, um meinen Lebensweg noch zu ändern.‹

Das erzählte der mächtige König der Insel dem weisen Mann der Wissenschaft, und der weise Mann der Wissenschaft hat es dem schwerreichen Kaufmann erzählt, und der Kaufmann hat es dem armen Alten erzählt, der sich in sei-

nem Palast eingefunden hatte, um ein Almosen zu erbitten. Alle hießen Morro, und allen hatte man aus dem einen oder dem anderen Grund den Beinamen ›der Große‹ gegeben.«
Als der Alte in dem halbdunklen Gefängnis seine Geschichte beendet hatte, fragte ihn einer der Übeltäter:
»Wenn ich nicht bloß Stroh im Kopf habe, dann wäre also jener ausgestoßene Alte, der Größte von allen, niemand anders als du?« »Ach, ihr Söhnlein«, murmelte der Bärtige und antwortete weder mit Ja noch mit Nein, »das Leben ist eine komische Sache.«
Da schwiegen die Verkommenen, die ihm aufmerksam gelauscht hatten, eine ganze Weile; denn auch den verworfensten Menschen geben gewisse Dinge mancherlei zu denken.

Die Heiligen

Die Heiligen haben, jeder für sich, ein kleines Haus mit einem Balkon am Ufer des Ozeans, und dieser Ozean ist Gott.

Im Sommer, wenn es heiß ist, springen sie, um sich zu erfrischen, in die kühlen Wasser, und diese Wasser sind Gott.

Bei der Nachricht, daß demnächst ein neuer Heiliger eintreffe, wird sofort mit dem Bau eines Hauses neben den anderen begonnen. So bilden sie eine lange Reihe am Meeresstrand entlang. An Raum mangelt es nicht.

Als nach seiner Heiligsprechung der heilige Gancillo dort anlangte, fand er auch sein Häuschen schon fertig, ganz und gar den anderen gleich, mit Möbeln, Wäsche, Geschirr, einigen guten Büchern und allem übrigen. An der Wand hing sogar ein zierlicher Fliegenfänger; denn es gab in dieser Gegend viele Mücken, obschon nicht von unangenehmer Art.

Gancillo war durchaus kein aufsehenerregender Heiliger; er hatte als Bauer ein demütiges Leben geführt, und erst nach seinem Tode war es einem eingefallen, welche Gnade diesem Manne innegewohnt und er in spürbarer Weise ausgestrahlt hatte. Der Pfarrer hatte daraufhin, allerdings ohne allzu großes Vertrauen, die ersten Schritte für den Seligsprechungsprozeß unternommen. Seitdem waren nahezu zweihundert Jahre verstrichen.

Aber im tiefen Schoß der Kirche war der Prozeß, Schritt für Schritt, ohne alle Überhastung, vorangegangen. Bischöfe und Päpste starben, einer nach dem anderen, und an ihre Stelle traten andere, und dennoch gingen die Akten Gancillos geradezu von selbst von einem Büro zum anderen, immer weiter nach oben. Ein Hauch der Gnade war irgendwie geheimnisvoll an diesen alten, längst vergilbten Aktenbogen hängengeblieben, und es gab keinen Prälaten, der dies, wenn

sie durch seine Hände gingen, nicht gespürt hätte. Daraus erklärte es sich, daß die Angelegenheit nicht ad acta gelegt wurde. Und schließlich wurde eines Morgens das Bild des Bauern in einem strahlenden Goldrahmen hoch oben in St. Peter gehißt, und darunter stimmte der Heilige Vater in höchsteigener Person den Glorienhymnus an und erhob Gancillo zu den Ehren der Altäre.
In seinem Dorf wurden große Festlichkeiten veranstaltet, und ein Forscher der Lokalgeschichte glaubte das Haus ausfindig gemacht zu haben, wo Gancillo geboren und gestorben war und wo er gelebt hatte; dieses Haus wurde in eine Art dörfliches Museum verwandelt. Aber da sich niemand mehr an ihn erinnerte und keine Verwandten mehr da waren, dauerte die Volkstümlichkeit des neuen Heiligen nur wenige Tage.
Seit undenklichen Zeiten wurde in jenem Dorf ein anderer Heiliger als Schutzpatron verehrt, nämlich Marcolino; um seine im Rufe der Wundertätigkeit stehende Statue zu küssen, kamen sogar Pilger aus weiter Ferne. Unmittelbar neben der prachtvollen Kapelle des heiligen Marcolino, die von Weihegeschenken und Kerzen strotzte, wurde der neue Altar des Gancillo gebaut. Aber wer achtete darauf? Wer kniete im Gebet davor nieder? Er war nach zweihundert Jahren zu einer so farblosen Gestalt geworden! Er besaß nichts, rein gar nichts, was die Phantasie angeregt hätte. Wie dem auch sei, Gancillo, der nie an eine solche Ehre gedacht hatte, bezog sein neues Haus, saß auf dem Balkon in der Sonne.

Aber am Morgen darauf – er war früh aufgestanden – sah er einen Boten in Uniform auf einem Fahrrad kommen; er betrat das übernächste Haus und trug ein großes Paket hinein: dann ging er in das Haus nebenan und ließ auch dort ein großes Paket; und so ging es von Haus zu Haus, bis Gancillo ihn aus den Augen verlor. Aber ihm brachte er nichts.

Da sich das gleiche auch an den folgenden Tagen abspielte, bedeutete der neugierig gewordene Gancillo dem Boten, mal herzukommen, und fragte ihn:
»Entschuldige, was bringst du eigentlich jeden Morgen allen meinen Gefährten, und mir bringst du nie etwas?«
»Es ist die Post«, antwortete der Bote, wobei er ehrfürchtig die Mütze abnahm, »und ich bin der Postbote.«
»Was für Post? Wer schickt sie?«
Darauf lächelte der Bote und machte eine Geste, als wolle er auf die auf der anderen Seite, auf die unten auf der alten Erde hindeuten.
»Bittschriften?« fragte Gancillo, der zu begreifen begann.
»Bittschriften, ja, Gebete, Wünsche jeder Art«, sagte der Bote in gleichgültigem Ton, als handle es sich um Lappalien, um den neuen Heiligen nicht zu beschämen.
»Und so viele kommen jeden Tag?«
Am liebsten hätte der Bote gesagt, daß dies noch die tote Saison sei, daß in den Tagen des Hochbetriebs zehn-, zwanzigmal mehr komme. Aber da er dachte, Gancillo könnte es schmerzlich sein, nahm er seine Zuflucht zu einem »Nun, je nachdem, es kommt darauf an«. Und fand einen Vorwand, sich rasch davonzumachen.
Es steht unverbrüchlich fest, daß sich niemals irgend jemand an den heiligen Gancillo wandte. Als ob es ihn überhaupt nicht gäbe. Weder ein Brief noch ein Briefchen, nicht einmal eine Postkarte kam. Nicht etwa, daß er neidisch gewesen wäre, wenn er jeden Morgen all die für seine Kollegen bestimmten Päckchen sah, keineswegs, denn er war außerstande, schlechte Gefühle zu hegen; aber natürlich fand er es bedauerlich, fast empfand er Gewissensbisse, den ganzen lieben Tag untätig dazusitzen, während die anderen eine Unmenge Dinge erledigten; kurz und gut, er hatte fast das Gefühl, das Brot der Heiligen zu Unrecht zu essen (es war ein besonderes Brot, etwas besser als das der gewöhnlichen Seligen).

Diese Kümmernis führte ihn eines Tages dazu, sich in der Nähe eines der nebenan liegenden Häuser, aus dem ein eigenartiges Ticktickticktick erklang, neugierig umzuschauen.
»Aber bitte, mein Lieber, komm nur herein, der Sessel da ist recht bequem. Entschuldige, wenn ich diese meine kleine Arbeit eben beende, dann stehe ich sofort zu deiner Verfügung«, sagte der Kollege freundlich zu ihm. Dann begab er sich ins Nebenzimmer, wo er mit staunenerregender Geschwindigkeit einem Stenographen ein Dutzend Briefe und verschiedene Dienstaufträge diktierte, die der Sekretär eiligst mit der Schreibmaschine abschrieb. Darauf kehrte der benachbarte Heilige zu Gancillo zurück: »Ach, mein Lieber, ohne ein Minimum an Organisation wäre das eine höchst verdrießliche Angelegenheit, bei der vielen einlaufenden Post. Wenn du wieder mal herkommst, zeige ich dir mein neues Elektronengerät mit Lochkartensystem.« Kurz gesagt, er war über alle Maßen freundlich.
Lochkarten brauchte Gancillo bestimmt nicht; er kehrte ziemlich beklommen in sein bescheidenes Häuschen zurück. Und er dachte: ›Sollte tatsächlich niemand mich brauchen? Und ob nicht auch ich mich nützlich erweisen könnte? Wenn ich nun zum Beispiel ein kleines Wunder wirkte, um die Aufmerksamkeit auf mich zu lenken?‹
Gesagt, getan. Es fiel ihm ein, die Augen auf dem Bild in der Dorfkirche sich bewegen zu lassen. Vor dem Altar des heiligen Gancillo pflegte nie jemand zu sein, aber ganz zufällig kam Memo Tancia vorbei, der Dorftrottel, sah das Bild, wie es die Augen verdrehte, und schrie, es geschehe ein Wunder.
Gleichzeitig erschienen mit der Blitzesschnelle, die ihnen ihre soziale Stellung gewährte, zwei oder drei Heilige bei Gancillo und gaben ihm mit gutmütiger Miene zu verstehen, es sei besser, solcherlei Dinge zu unterlassen; zwar sei nichts Böses dabei, aber ähnliche Wunder seien einer gewissen, ihnen anhaftenden Frivolität wegen an »höchster Stelle«

nicht gern gesehen. Sie sagten das ohne einen Schatten von Boshaftigkeit; aber es könnte sein, daß dieser Neuankömmling sie etwas befremdete, der so mir nichts, dir nichts mit größter Unbefangenheit Wunder wirkte, die sie selber entsetzliche Mühe kosteten.

Natürlich hörte der heilige Gancillo sofort auf, und unten im Dorf untersuchten die Leute, die auf die Rufe des Halbidioten herbeigeeilt waren, gründlich das Bild, ohne irgend etwas von der Norm Abweichendes darauf festzustellen, weshalb sie enttäuscht weggingen; und es fehlte wenig daran, daß Memo Tancia eine Tracht Prügel bezog.

Da gedachte Gancillo die Aufmerksamkeit der Menschen durch ein kleineres, poetischeres Wunder auf sich zu lenken. Er ließ aus der Steinplatte seines alten Grabes, das bei Gelegenheit der Seligsprechung neu hergerichtet worden, jetzt aber wieder völlig in Verfall geraten war, eine wundervolle Rose hervorsprießen. Aber es war nun mal sein Schicksal, daß es ihm nicht gelang, sich verständlich zu machen. Der Kaplan, der es auf dem Friedhof gesehen hatte, stürzte zum Totengräber und nahm ihn sich vor.

»Wenigstens auf das Grab des heiligen Gancillo könntest du achten, nicht wahr? Es ist eine Schande, Nichtstuer, der du bist! Ich bin gerade vorbeigekommen und habe gesehen, daß es voll Unkraut ist.« Und der Totengräber beeilte sich, das Rosenpflänzchen auszureißen.

Um ganz sicher zu gehen, griff Gancillo auf das traditionellste unter den Wundern zurück: er verlieh dem ersten Blinden, der an seinem Altar vorbeikam, das Augenlicht wieder.

Aber auch diesmal ging es nicht gut für ihn aus. Denn keinem kam der Verdacht, daß das Wunder ein Werk des Gancillo sein könne, sondern sie schrieben es dem heiligen Marcolino zu, der seinen Altar nebenan hatte. Die Begeisterung war so groß, daß sie die Statue des Marcolino auf die Schultern nahmen – und sie wog doch gut zwei Doppelzentner – und sie unter Glockengeläut durch die Dorfstraßen trugen. Und der Altar des heiligen Gancillo war mehr denn je vergessen und verlassen.

Da sagte sich Gancillo: ›Es ist das beste, sich darein zu schicken; ich sehe ja, daß niemand sich meiner erinnern will.‹ Und er setzte sich auf den Balkon und bewunderte den Ozean, was für ihn im Grunde genommen eine große Erleichterung bedeutete.

Da saß er und betrachtete die Wellen, als er es an der Tür klopfen hörte: Tock, tock. Er öffnete. Es war kein Geringerer als Marcolino in höchsteigener Person; er war gekommen, um sich zu rechtfertigen.

Marcolino war ein stattlicher Mann, übersprudelnd und voller Heiterkeit: »Was willst du daran ändern, lieber Gancillo? Ich selber habe keine Schuld daran. Ich bin zu dir gekommen, weißt du, denn ich möchte nicht, daß du etwa denkst . . .«

»Was fällt dir ein!« erwiderte Gancillo, ganz getröstet durch diesen Besuch, wobei auch er lachte.

»Siehst du«, nahm Marcolino seine Rede wieder auf, »ich bin ein schrecklicher Kerl, und trotzdem belagern sie mich vom Morgen bis zum Abend. Du bist viel heiliger als ich, und trotzdem vernachlässigen sie dich alle. Lieber Bruder, man muß Geduld haben mit dieser Hundewelt!« Und dabei klopfte er Gancillo freundschaftlich auf den Rücken.

»Aber warum trittst du nicht näher? Bald ist es dunkel und wird kühl, wir können das Feuer anzünden, und du könntest zum Abendessen dableiben.«

»Mit Vergnügen, wirklich mit größtem Vergnügen«, entgegnete Marcolino.

Sie gingen hinein, spalteten etwas Holz und steckten das Feuer an; das kostete sie freilich einige Mühe, denn das Holz war noch feucht. Aber sie bliesen und bliesen hinein, und schließlich stieg eine schöne Flamme auf. Da stellte Gancillo den Topf mit Wasser für die Suppe aufs Feuer, und während sie darauf warteten, daß es kochte, setzten sich beide auf die Bank, wärmten sich die Knie und plauderten vertraulich miteinander. Aus dem Kamin stieg eine dünne Rauchsäule auf, und auch dieser Rauch war Gott.

Die Mauern von Anagoor

Im Inneren von Tibesti fragte mich ein eingeborener Führer, ob ich vielleicht die Mauern der Stadt Anagoor besichtigen wolle; er könne mich dorthin begleiten.
Ich sah auf der Karte nach, aber eine Stadt Anagoor gab es nicht. Nicht einmal die Reiseführer, die so reich an Einzelheiten sind, erwähnten sie. Deshalb sagte ich: »Was ist das für eine Stadt, die auf den Landkarten nicht verzeichnet ist?«
Er antwortete: »Es ist eine große Stadt, unendlich reich und mächtig, aber auf den Landkarten ist sie nicht verzeichnet, weil unsere Regierung sie nicht kennt oder wenigstens so tut, als kenne sie sie nicht. Sie ist selbständig und gehorcht nicht. Sie lebt für sich, und nicht einmal die Minister des Königs können dort eintreten. Sie treibt mit keinem nahen oder fernen Lande Handel. Sie ist ganz abgeschlossen. Seit Jahrhunderten lebt sie innerhalb ihrer Mauern. Und vielleicht bedeutet die Tatsache, daß niemand jemals herausgekommen ist, daß man dort glücklich lebt?«
»Die Karten«, erklärte ich hartnäckig, »verzeichnen aber keine Stadt namens Anagoor, und das läßt vermuten, daß es sich um eine der vielen Legenden dieses Landes handelt; das alles ist wahrscheinlich nur die Ausgeburt von Luftspiegelungen, wie sie die Rückstrahlung der Wüste schafft, und nichts weiter.«
»Es wird gut sein, wenn wir zwei Stunden vor Morgengrauen aufbrechen«, sagte der eingeborene Führer, der Magalon hieß, und tat, als habe er nichts gehört. »Mit deinem Auto, Herr, werden wir gegen Mittag vor Anagoor ankommen. Ich werde dich um drei Uhr früh abholen, mein Gebieter.«
»Eine Stadt wie die, von der du sprichst, wäre auf der Karte mit einem doppelten Kreis gekennzeichnet, und der Name

wäre in Großbuchstaben geschrieben. Ich finde aber keinen einzigen Hinweis auf eine Stadt namens Anagoor, so daß sie offensichtlich gar nicht existiert. Doch ich werde um drei Uhr bereit sein, Magalon.« Mit eingeschaltetem Licht fuhren wir um drei Uhr morgens in ungefähr südlicher Richtung auf der Wüstenfährte dahin, und während ich eine Zigarette nach der anderen rauchte, weil ich mich damit zu erwärmen hoffte, sah ich links von mir den Horizont heller werden. Und dann kam sofort die Sonne heraus, die auf die Wüste zu strahlen begann, bis alles heiß und flimmernd wurde und man ringsumher Seen und Tümpel sah, in denen sich die Felsen in deutlichen Umrissen spiegelten, obwohl in Wirklichkeit nicht ein Eimer voll Wasser da war, sondern nichts als Sand und glühende Steine.

Doch der Wagen lief sehr brav und gutwillig, und pünktlich um 11.37 Uhr sagte Magalon, der neben mir saß: »Sieh dort, Herr«, und wirklich erblickte ich die Mauern der Stadt, die sich Kilometer um Kilometer ununterbrochen hinzogen, zwanzig bis dreißig Meter hoch, von gelblicher Farbe und hier und da von Türmchen überragt. Beim Näherkommen merkte ich, daß an mehreren Stellen unmittelbar vor der Mauer Lager aufgeschlagen waren: elende Zelte, bessere Zelte, Zelte von reichen Leuten in Form eines fahnengeschmückten Pavillons.

»Was sind das für Leute?« fragte ich.

Und Magalon erklärte: »Das sind die, die hoffen, eintreten zu können, und die deshalb vor den Toren lagern.«

»Aha, es gibt also Tore?«

»Viele, große und kleine, vielleicht mehr als hundert, aber der Umfang der Stadt ist so groß, daß zwischen dem einen und dem nächsten eine beträchtliche Entfernung liegt.«

»Und wann werden diese Tore geöffnet?«

»Die Tore werden fast niemals geöffnet. Doch wird gemunkelt, daß einige geöffnet werden sollen. Heute abend oder morgen oder in drei Monaten oder in fünfzig Jahren, das

weiß niemand, und das ist das große Geheimnis der Stadt Anagoor.«

Wir waren angekommen. Wir hielten vor einem Tor, das aus massivem Eisen gemacht schien. Viele Menschen warteten dort. Magere Beduinen, Bettler, verschleierte Frauen, Mönche, bis an die Zähne bewaffnete Kriegsleute und sogar ein Prinz mit seinem kleinen persönlichen Hofstaat. Von Zeit zu Zeit schlug jemand mit einer Keule gegen das erdröhnende Tor.

»Sie schlagen«, erklärte der Führer, »damit die in Anagoor die Schläge hören und aufmachen. Man ist nämlich allgemein der Ansicht, daß niemand je öffnen wird, wenn man nicht klopft.«

Mir kam ein Zweifel. »Aber weiß man denn ganz gewiß, daß jenseits der Mauer jemand lebt? Könnte die Stadt nicht längst ausgestorben sein?«

Magalon lächelte: »Alle haben denselben Gedanken, wenn sie zum erstenmal herkommen. Auch ich habe einmal den Verdacht gehabt, daß hinter den Mauern niemand mehr lebte. Aber wir haben den Beweis für das Gegenteil. An manchen Abenden, wenn das Licht günstig ist, können wir den Rauch der Stadt geradenwegs zum Himmel aufsteigen sehen wie aus vielen Weihrauchkesseln. Ein Zeichen, daß dort Menschen leben, Feuer anzünden und sich Essen bereiten. Und dann ist da noch eine viel überzeugendere Tatsache: Vor nicht allzu langer Zeit wurde ein Tor aufgemacht.«

»Wann?«

»Das Datum, um ehrlich zu sein, steht nicht ganz fest. Einige sagen, vor ein-, zweieinhalb Monaten, andere nehmen an, daß es weiter zurückliegt, zwei, drei oder sogar vier Jahre, und manche verlegen es sogar in die Zeit, als der Sultan Ahm-er Ehrgun regierte.«

»Und wann regierte Ahm-er Ehrgun?«

»Vor ungefähr drei Jahrhunderten ... Aber du bist wirklich vom Glück gesegnet, Herr. Schau hin, obwohl es Mittag ist und die Luft brennt, sieh dort den Rauch . . .«

Eine plötzliche Erregung hatte sich trotz der Hitze in dem zusammengewürfelten Lager ausgebreitet. Alle waren aus ihren Zelten getreten und zeigten auf die zwei zitternden, spiralförmigen grauen Rauchfahnen, die sich jenseits der Mauer in die unbewegte Luft erhoben. Ich verstand kein Wort der aufgeregten Stimmen, die sich überschlugen. Doch die Begeisterung war offensichtlich – als wären diese beiden armseligen Rauchsäulen das Schönste der Schöpfung und als versprächen sie den Zuschauern eine nahe Glückseligkeit. Mir schien das aus folgenden Gründen übertrieben:

Erstens und vor allem zeigte der Rauch keine größere Wahrscheinlichkeit dafür an, daß jenes Tor geöffnet würde; es war also kein vernünftiger Grund für solchen Jubel vorhanden.

Zweitens: ein solches Geschrei, das man wahrscheinlich auch innerhalb der Mauern hören konnte, würde die Leute dort eher vom Öffnen abhalten als sie dazu ermutigen.

Drittens: der Rauch an sich bewies keineswegs, daß Anagoor bewohnt war. Denn konnte es sich nicht um einen zufällig von der Sonnenglut verursachten Brand handeln? Oder – eine noch plausiblere Vermutung – waren es vielleicht Brände, die Räuber entfacht hatten, die durch eine geheime Öffnung in der Mauer geschlüpft waren und die tote, unbewohnte Stadt plünderten?

Es war doch seltsam, dachte ich bei mir, daß man außer dem Rauch kein Lebenszeichen in Anagoor bemerkte: weder Stimmen noch Musik, noch Hundegeheul, noch Wachen, noch Neugierige auf den Zinnen der Mauern, nichts. Sehr seltsam.

So sagte ich: »Hör mal, Magalon, als das Tor, von dem du sprachst, geöffnet wurde, wie viele Menschen konnten da eintreten?«

»Ein einziger Mensch«, sagte Magalon.

»Und die anderen? Sind sie zurückgewiesen worden?«
»Es war niemand sonst da. Es handelte sich um das kleinste und von den Pilgern vernachlässigtste Tor. An jenem Abend wartete niemand davor. Gegen Abend traf ein Wanderer ein und klopfte. Er wußte nicht, daß es die Stadt Anagoor war, und erwartete beim Eintreten nichts Besonderes; er bat nur um eine Zuflucht für die Nacht. Er wußte von nichts, er war aus reinem Zufall dort. Vielleicht ist ihm nur deshalb geöffnet worden.«

Was mich betrifft, ich habe nun fast fünfundzwanzig Jahre vor den Mauern gewartet. Aber das Tor wurde nicht aufgetan. Und so kehre ich denn wieder in mein Land zurück. Die Pilger der Zeltstadt, die meine Vorbereitungen sehen, schütteln den Kopf: »Freund, welche Eile!« sagen sie. »Ein bißchen Geduld ist nötig. Du verlangst zuviel vom Leben!«

Nachwort

Oder einfach die Hoffnung?
Die unverwüstliche Hoffnung des menschlichen Herzens,
die sich in den verborgensten Ecken verstecken kann,
um den Menschen von der Armseligkeit seines Daseins zu erlösen.

Dino Buzzati, Die Stimme

Dino Buzzati gehört zu den italienischen Schriftstellern unseres Jahrhunderts, die weit über die Grenzen des eigenen Landes hinaus bekannt sind. Seine hintergründigen Romane, Novellen, Dramen und eine Fülle Kurzprosa: Erzählungen, Märchen, Fabeln, Legenden, humoristisch-satirische Skizzen, Shortstories sind in viele Sprachen übersetzt worden und erregten großes Interesse. Die kurzen Geschichten vor allem fanden und finden immer erneut Aufnahme in zahlreichen Anthologien. Einige der Bücher sind vom Autor, der auch als Maler und Zeichner tätig war, selbst illustriert.
Die engere Heimat von Dino Buzzati Traverso ist Norditalien, wo er am 16. Oktober 1906 in Belluno geboren wurde, einer kleinen Stadt am Fuße der Dolomiten, deren wilder, bizarrer Schönheit und Einsamkeit er seine lebenslange Liebe bewahrt hat und die auch sein Wesen und seine Einbildungskraft entscheidend mit prägten.
Als Sohn eines Universitätsprofessors studierte er der Familientradition entsprechend Jura in Mailand und schloß sein Studium mit dem Doktorgrad ab. Beruflich aber entschied er sich für den Journalismus. Zeit seines Lebens arbeitete er als Publizist in der beständigen Bindung an die

große italienische Tageszeitung »Corriere della Sera«, als Lokalreporter, Auslandskorrespondent und später in leitenden Positionen.

Sicher ist es berechtigt, eine Wechselwirkung zwischen seiner ausgedehnten journalistisch-feuilletonistischen Tätigkeit und dem schriftstellerischen Schaffen anzunehmen. Zumindest seine routinierte Beherrschung erzählerischer Kurzformen und seine diszipliniert präzise und komprimierende Sprache verweisen darauf. Im Gegensatz zum formalen Bereich aber ist im inhaltlichen eine merkwürdig schroffe Kluft zwischen der Welt seines beruflichen Tätigseins und der im Werk gestalteten auffallend: auf der einen Seite das Gebundensein z. B. des Berichterstatters an die Brennpunkte des Geschehens, an äußerste Aktualität und Konkretheit, auf der anderen der dichterische Versuch einer Flucht aus der Zeit, die Beschwörung von einer Art Niemandsland, in dem die konkreten Raum- und Zeitbedingungen nur relative Gültigkeit haben.

Buzzati war ein irritierender Autor. In den vier Jahrzehnten zwischen dem Erscheinen seines realistischen Erstlingswerkes »Barnabo della Montagne«, 1933 (dt. Die Männer vom Gravetal) und dem des letzten Erzählungsbandes »Le notti difficili«, 1971 (Die schweren Nächte) ließ er aufhorchen durch Werke, die sich nicht nur dem zeitgenössischen, in Italien vorherrschenden Trend zum Realismus nicht anpaßten, sondern darüber hinaus auch einer genauen literarischen Einordnung sich entzogen.

Unabhängig von den unterschiedlich wertenden Einschätzungen gestehen ihm alle Rezensenten übereinstimmend eine eigenwillige Sonderstellung zu. Er sei »inclassificabile«, faßt der Jesuit Castelli zusammen. »Engagiert, sich nicht zu engagieren« in Strömungen und für bestimmte Richtungen, blieb Buzzati abseits der literarischen und politischen Debatte, letztlich ein »isolato«, wie der Kritiker Carlo Bo anmerkt.

Schon seine zweite Erzählung, »Il segreto del Bosco Vecchio«, 1935 (dt. Das Geheimnis des alten Waldes) verläßt die realistische Erzählebene (wo erst der spätere Roman von 1963, »Un amore« wieder angesiedelt ist), sie ist nach seinen eigenen Worten »beinahe ein Märchen«.
In den folgenden Werken ist die Buzzati eigentümliche Doppelsinnigkeit, die das Reale plötzlich in scheinbar Reales verwandelt und symbolisch verdichtet, dann voll entfaltet. Künstlerisch am überzeugendsten zieht sie uns in ihren Bann in »Il deserto dei Tartari«, 1940, seinem literarischen Meisterwerk, das auch die italienische Akademie mit einer Auszeichnung würdigte, und das solch nachhaltigen Eindruck hinterließ, daß man Buzzati öfter nur noch ohne Namensnennung als ›den Autor von Il deserto‹ apostrophierte (dt. »Die Tatarenwüste«, in anderen Ausgaben »Im verlassenen Fort« und »Die Festung«). Die lange Reihe seiner »racconti«, der Erzählungen, – z. B. in den Erzählungsbänden »I sette messageri«, 1942 (dt. Die sieben Boten) – »Paura alla Scala«, 1948 (dt. Panik in der Scala) – »Il crollo della Baliverna«, 1954 (dt. Des Schicksals roter Faden) – »Experimento di magia«, 1958 (dt. Magieexperiment) – »Sessanta racconti«, 1958 (dt. Sechzig Erzählungen) – »La boutique del Mistero«, 1968 (dt. Die geheimnisvolle Boutique) – sie bezeugt das Spezifische seiner schöpferischen Phantasie wohl am vielfältigsten, gerade auch in deren Gefahrenzonen, etwa der verdüsternden Melancholie, der lauernden Resignation vor der Undurchschaubarkeit der Welt und Absurdität des Schicksals, auch in den formalen Gefahren der manchmal zu vordergründigen Allegorie und der penetranten Überspitzung des moralischen Lehrstückes.
Immer betreten wir eine doppelbödige Welt. Ein jenseits der faßbaren Realität liegendes Reich des Geheimnisvollen, Unheimlichen, Abgründigen tut sich auf, eine Art Zwischenreich der Seele: Wachträume, Stimmungen, Ahnungen, Ängste, Sehnsüchte sind extrem verdichtet, sind im genauen

Wortsinn unserer Redewendungen »Gestalt geworden«, sind »ins Bild gebracht«, in bedrängend lebende Bilder.

Eine ganze Liste von Bezeichnungen, mit denen man das Werk zu charakterisieren suchte, läßt sich erstellen: übersinnlich – irreal – surreal – symbolisch – allegorisch – metaphorisch – metaphysisch – transzendierend – magisch – existentialistisch usw. Buzzati gilt, pauschal benannt, als ein Meister der phantastischen Erzählkunst. Um seinen Standort wenigstens in großen Umrissen zu bestimmen, sucht man nach literarischen Verwandten und erinnert dabei an E.T.A. Hoffmann, auch Stevenson, Poe und Swift. Man prägte, verleitet von einer an der Oberfläche des Stils liegenden Ähnlichkeit, das unkritische Wort vom »italienischen Kafka«, womit man ihn eingeordnet glaubte. Es hängt ihm an. Er hörte es nicht gern; »Kafka – das ist mein Kreuz«, war sein scherzhafter Stoßseufzer. In den späteren Lebensjahren hat er sich damit ausgesöhnt. Zwar nicht Beeinflussung und Abhängigkeit, aber zweifellos gibt es eine innere Verwandtschaft in der Art, Wirklichkeit zu erfahren, sie als fragwürdige zu erfahren. Natürlich erfuhr ein solches, nicht in der ein-deutigen Alltagswelt beheimatetes Erzählwerk die verschiedensten Deutungsversuche, angefangen bei denen, die dem Vordergrundgeschehen allzuviel Bedeutung und Aussagekraft zumessen, bis zu den gegensätzlichen, die allzuviel konkret faßbare ›Bedeutsamkeiten‹ jedem Bild, jeder Szene und Fabel entlocken und sie schön geordnet auf einem roten Erklärungsfaden aufreihen wollen. Die Gefahr des Verkennens aber liegt dort nahe, wo man übersieht, daß der Schriftsteller religiöse Erfahrungen gestaltet, daß seine Sicht die eines Glaubenden, an ein Jenseits und eine richtende zuständige Instanz Glaubenden ist.

Hier liegt auch das Wesentliche, das ihn von Kafka trennt: bei Buzzati wird der äußerste Ring der Absurdität immer noch durchbrochen durch die Hoffnung auf Erlösung. Mögen auch beide im einzelnen manchmal Gleiches vergegenwärtigen, Gefühle der Angst, des Gefährdetseins, Ausgeliefertseins, so läßt Buzzati sie doch nicht gelten um ihrer selbst willen, sondern um ihrer Durchsichtigkeit willen, gleichsam als Einfallstore für die uns umgebende und uns fordernde Transzendenz. Er läßt die Menschen erstaunt und empört sein »über den tollkühnen Gedanken, daß das Himmelreich so nahe sei, sozusagen direkt über unseren Köpfen hänge, und daß wir beinahe daran anstoßen könnten, wenn wir uns aufreckten«.

Buzzatis Unheimlichkeiten sind nur Fenster in die Unendlichkeit, die – mag sie zunächst auch noch so dunkel drohen und bedrängen – er in intensiver Gnadenerwartung als letzte Geborgenheit, als endliches Freiwerden, als Erlösung ersehnt und erhofft, manche Geschichten sprechen es aus: als Geborgenheit in Gott, in die der Mensch sich fallen lassen muß und getrost fallen lassen kann, da Gnade und Barmherzigkeit ihn auffangen werden, wenn er seine Freiheit, sich zwischen Gut und Böse zu entscheiden, richtig genutzt hat.

Dies aber bleibt unabdingbare Voraussetzung. Mit Strenge und Konsequenz richtet der Moralist – als der sich Buzzati ausdrücklich bekennt und verstanden wissen will – nur nach einem Maßstab, scheidet Gut und Böse an dem Prüfstein der Liebe. Ob ausgesprochen oder unausgesprochen, steht Gottes Gesetz der Nächstenliebe im Hintergrund aller Wertungen, sei es des Verhaltens von einzelnen, von Klassen oder der ganzen Gesellschaft.

Folgerichtig und notwendig wird bei solcher Betrachtungsweise der Schriftsteller zum Kritiker seiner Zeit und der ihn umgebenden Gesellschaft.

Sehr geschickt verknüpft Buzzati sein Bemühen, Sinnbilder für metaphysische Gegebenheiten zu schaffen, mit Sozialkritik, einer leisen, nur im Aufzeigen und Abschildern der Umstände. Seine meisterhafte satirische Novelle »Panik in der Scala« zum Beispiel gibt ein nüchternes, schonungsloses

Porträt der »großen Gesellschaft« und ihrer Dolce-vita-Atmosphäre. Im flimmernden Lichtglanz der Mailänder Scala haben sich die »beiden rivalisierenden Klüngel von Adel und Großbürgertum« juwelen- und ordengeschmückt und in Roben, »die gut und gern ihre zweimalhunderttausend Lire gekostet« haben, zu einem rauschenden Premierenabend versammelt. Aber angesichts einer nur in der Luft hängenden Bedrohung – eines zunächst nur befürchteten, eines Tages aber gewissen Umsturzes – fallen die schillernden Masken, und die ganze schäbige Armseligkeit tritt zutage auf dieser Art »gespenstischen Biwaks einer todgeweihten Welt«.

In ähnlicher Weise wird das Thema von der Unausweichlichkeit des Todes verquickt mit Satire auf moderne Welt als verwalteter, anonym funktionierender Apparat auch in dem bekanntesten seiner sieben Dramen, in »Un caso clinico«, 1953. Die deutsche Übertragung behält den Titel der Novelle »Das Haus der sieben Stockwerke« bei, deren Fabel Buzzati im Stück für die Bühne bearbeitet hat. (Ins Französische wurde es übersetzt von Albert Camus.)

Drei Jahre vor seinem Tod an einer unheilbaren Krankheit im Januar 1972 überraschte der Zeichner, Erzähler und Dichter mit einem Wagnis. In einem Comic-strip, »Poema a fumetti«, 1969 (dt. Orphi und Eura) nimmt er den Mythos von Orpheus und Eurydike pop-artig und zeitgemäß abwandelnd auf.

Bemerkenswert der Lobgesang auf ‚das Leben mit der Freiheit zu sterben' ist darin. Ein Schlüsselwort für Buzzati! Hinauswachsen über seine Wünsche und Ängste und die absurd empfundene Verurteilung zum Sterben verwandeln in die Freiheit zum Sterben – kennen wir als stetig wiederkehrendes Motiv, unvergeßlich eingefangen in der »Tatarenwüste«, in des Offiziers Drogo auf eine große Bewährung hin verwartetem Leben, das auf der untersten Stufe des illusionslosen Elends – in Schwachheit, Alter, Krankheit,

Ausgestoßensein – im Verzicht auf alles Ersehnte sich zu einer unerahnten Größe erhebt, von niemand gesehen. Und dennoch heißt es: »Fürchte dich nicht, Giovanni!« Auch dieses Motiv ist nur ein Aspekt des vorherrschenden Themas.

Denn so zahlreich seine Fabeln, so vielfältig die Einfälle seiner Phantasie auch sind, im Grund sind es immer nur Variationen zu einem einzigen Thema: Der Mensch in seiner ihn bestimmenden Beziehung zur Transzendenz, wir Christen sagen: der Mensch im Angesicht Gottes. Es erklärt auch, daß seine Gestalten keine individuellen Charaktere sind, nicht einmal für Typen stehen sie, sie sind Vertreter des Menschen schlechthin in seinen entscheidenden Grundsituationen.

Manche Geschichten sprechen den »übernatürlichen Partner« – so einmal formuliert in der »Bodenkammer« – auch direkt an. Gott erscheint immer gegenwärtig, entweder beglückend wie in der Geschichte von den »Heiligen« als das Meer, der Rauch, als alles in allem, befreiend von alltäglichen Vorurteilen und konventionellen Rücksichten (»Die Stimme«, »Ein übermütiger Mensch«) oder unbequem lästig in der Stimme des Gewissens (»Der Hund, der Gott gesehen hatte«). Gott läßt den Menschen nicht in Ruhe, wenn er »keine ferne Legende mehr ist, nicht zwischen Kerzen, von Weihrauch umgeben, in einer Kirche steht, sondern überall ein- und ausgeht«.

Am stärksten wird Buzzatis Aussage dort, wo sie, im Bild anschaulich und lebendig geworden, uns anrührt: das unaufhaltsam sich erfüllende Leben, das Auf- und Absteigen der Lebenskurve, die sich der unausweichlichen Todesstunde zuneigt, des Menschen demütige, ihn freimachende Hingabe oder seine Auflehnung, verwandelt zu faszinierenden dichterischen Realitäten.

Die Ausführung in allen Einzelheiten können wir ruhig seiner Lust am Fabulieren, seinem Sinn für erregende Spannung, seinem eigenwilligen Humor, auch seiner Neigung zu Ironie und Satire und dem in ihm steckenden Moralisten zugute halten – und uns diesem Spiel der Phantasie überlassen ohne krampfhaftes Enträtselnwollen von Bedeutsamkeiten. Wir sollten uns von der Stimmung, der Gestimmtheit einnehmen lassen, in der die Aussage ohne Worte in uns hinüberwirkt.

Buzzati erreicht das Greifbarwerden der »unwirklichen« Bereiche durch eine stilistische Eigenart. Die Sprache bleibt im bewußten Gegensatz nüchtern, präzise, auch banal, alltäglich, mit sparsamen Mitteln beschreibend, keine neuen Begriffe für das Neue verwendend. Er staffiert gleichsam den Raum, in dem sich real Unmögliches begibt, mit dem üblichen, uns vertrauten Mobilar aus, so daß wir meinen, wir sitzen in unserem Alltagszimmer, bis wir plötzlich bemerken, daß die Wände sich bewegen, daß sie nur Vorhänge sind, die schon ein leiser Wind des Schicksals zur Seite weht, uns den Blick freigebend, nicht auf den gewohnten Vorgarten und die begrenzte Straße, sondern ins Unbegrenzte.

Vielleicht können diese Hinweise hilfreiche Reisebegleiter sein, wenn wir uns von Dino Buzzati mitnehmen lassen in sein Phantasiereich. Diese Phantasie wird uns manchmal erschrecken, wenn z. B. Gut und Böse nicht nach den gängigen Maßstäben der Mittelmäßigkeit, sondern radikal christlich gewertet wird (»Gerichtschronik«); sie wird uns beunruhigen durch die konsequente Konfrontierung des Menschen mit seinem Gewissen und durch die Macht der Versuchung (»Wenn es dunkelt«, »Die wachsenden Igel«, »Die Bodenkammer«); wird uns bedrängen durch die Eindringlichkeit immer neuer Gleichnisse für den irdischen Tod, uns aber auch beglücken durch das Ahnenlassen von Gutsein und »menschlicher Größe«, durch Bilder von Hoffnung und Gnade, die jedem einmal zu seiner Stunde zuteil wird (»Die Stimme«, »Anagoor«) – jedem, der in die rechte De-

mut findet, denn dann öffnen sich die Tore der geheimnisvollen Stadt, die das Glück birgt.
»Oder einfach die Hoffnung?« Sehen wir Buzzatis Schaffen einmal im Licht der eigenen Worte – den Ausführungen hier vorangestellt –: »Die unverwüstliche Hoffnung des menschlichen Herzens, die sich in den verborgensten Ecken verstecken kann«, auch in den Winkeln seiner Erzähltexte, die Hoffnung, die ihn auch befähigt hat, sich »von der Armseligkeit des Daseins«, von der Armseligkeit der quälend-niederdrückenden Verzweiflungen »zu befreien«, indem er schreibend, sie gestaltend bezwang.

Elisabeth Antkowiak

Quellennachweis

»Die Heiligen« – »Menschliche Größe« – »Die Bodenkammer« – »Die wachsenden Igel« aus: *Dino Buzzati,* »Die Versuchung des Domenico«, © Verlag Herder, Freiburg 1964. Aus dem Italienischen übersetzt von Ernst Sander.

»Ein übermütiger Mensch« – »Es fängt mit A an« – »Wenn es dunkelt« – »Der Mantel« aus: *Dino Buzzati,* »Das Haus mit den sieben Stockwerken«, Erzählungen. Aus dem Italienischen von Antonio Luigi und Nino Erné, © by Nymphenburger Verlagshandlung München.

»Der Hund, der Gott gesehen hatte« – »Die Stimme« – »Gerichtschronik« aus: *Dino Buzzati,* »Der Hund, der Gott gesehen hatte«, Hans Deutsch Verlag, Wien. Aus dem Italienischen übersetzt von Ingrid Parigi.

»Der Mann, der gesund werden wollte« – »Die fünf Brüder« aus: *Dino Buzzati,* »Des Schicksals roter Faden«, Der Deutsche Tauchnitz. Aus dem Italienischen übersetzt von Percy Eckstein und Wendla Lipsius. Johannes Asmus Verlag, Hamburg.

»Die Mauern der Stadt Anagoor« aus: *Dino Buzzati,* »Lascia o Raddoppia«, Langewiesche-Brandt Verlag, Ebenhausen (Isartal). Aus dem Italienischen übersetzt von Ingrid Parigi.

Inhalt

ISBN 3-7462-0148-9

2. Auflage 1987
Lizenznummer 480/82/87
LSV 6520
Printed in the German Democratic Republic
Illustrationen: Peter Laube, Leipzig
Umschlag-Reihengestaltung: Hans-Jürgen Willuhn, Blankenfelde
Gesamtherstellung: Eichsfelddruck Heiligenstadt V 8/2
00275